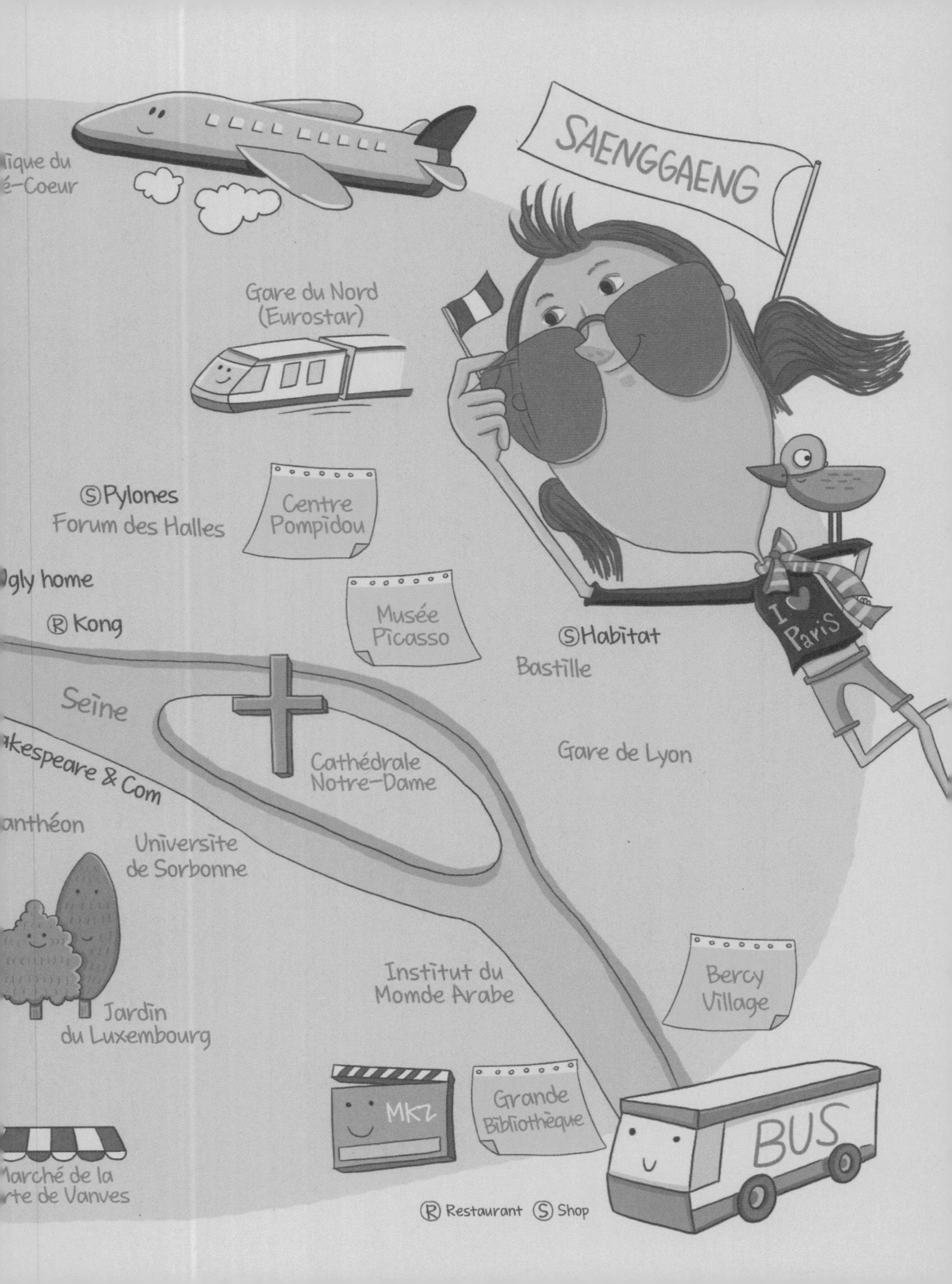

SAENGGAENG
ique du
é-Coeur
Gare du Nord
(Eurostar)
Ⓢ Pylones
Forum des Halles
Centre
Pompidou
gly home
Ⓡ Kong
Musée
Picasso
I ♥ Paris
Ⓢ Habitat
Bastille
Seine
akespeare & Com
Cathédrale
Notre-Dame
Gare de Lyon
anthéon
Université
de Sorbonne
Institut du
Momde Arabe
Bercy
Village
Jardin
du Luxembourg
MKZ
Grande
Bibliothèque
BUS
arché de la
rte de Vanves
Ⓡ Restaurant Ⓢ Shop

30일간의
파리지앵놀이
SAENGGAENG`S
PLAYING IN PARIS

TO BE PARISIEN IN 30 DAYS

30일간의 파리지앵 놀이

SAENGGAENG`S PLAYING IN PARIS

글·그림 생갱

파리에 갈 수 있을까?

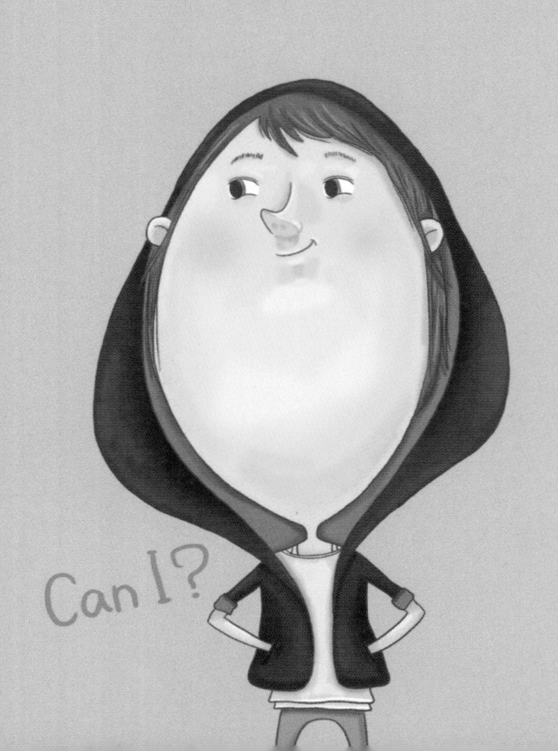
Can I?

가긴 어딜 가? 파리가 어디라고 거길 가?

① 환율 안 보이니?

② 그럴 여유가 어딨어?

③ 한 달씩이나?

④ 불어는?

I can't.

왜 이래? 왜 못가?

나도 한번 파리 좀 가보자.

Maybe~
For
My Special
Travel
BANK
DREAMS COME TRUE

Contents

4th week
파리지앵의 선물, 아멜리에를 만나다

내 사랑 파리!

안녕, 파리!
PARIS MAP

전격 결정! 파리지앵이 되기로 하다

고민 끝에 일러스트레이터 겸 그래픽디자이너로 프리랜서 방향을 결정하고 숨가쁘게 달려오다 보니, 나의 에너지도 점점 바닥을 보이고 있다.
정말 잠시 나를 위해 좀 쉬어 볼까?
드디어 그동안 차곡차곡 쌓아 온 여행 통장을 열 때가 된 듯하다.
이동하다가 시간을 다 보내는 바쁜 일정의 여행 말고, 이왕이면 한 달간 근사한 파리에서 여유로운 파리지앵이 되어 살아 보자!
일단, 몇 년 전 파리로 유학 갔던 지예언니에게 노크부터 해 보는 거야!
안전한 방만 섭외해 준다면, 나의 눈물겨운 여행 통장 한번 시원하게 털겠소!
인생 뭐 있어? 이럴 땐 잠시 멋지게 쉬어가는 거지!
3월의 어느 달밤에 이 생각 저 생각으로 잠 못 이루며 손가락만 꼼지락거리다가
드디어 '쿡~' 비행기표 예약 버튼을 클릭해 버렸다.
난 이제 한 달 후면 파리에 있게 된다. 잠깐이지만 파리지앵이 돼 보는 거야!
두근두근…… 두근두근…….

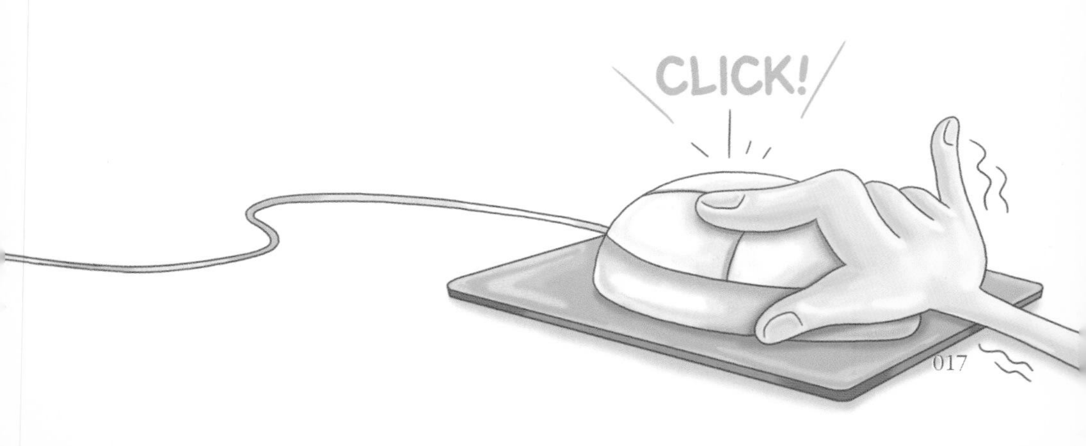
CLICK!

내 마음은 이미 파리에!

파리로 떠나는 날, 하늘에서 비가 부슬부슬 내린다.
파리는 비가 자주 온다던데…… 파리에도 지금 비가 오고 있을까?
공항까지 바래다주는 형부와 언니가, 도대체 혼자 거길 왜 가냐고 물어 온다.
그러게…… 난 왜 파리로 향하는 걸까?
파리행을 결정한 후, 틈틈이 파리에서 하고 싶은 나만의 위시 리스트를 적어 보았다.
루브르박물관에 가서 모나리자 눈썹이 정말 없는지 확인도 하고,
영화 〈아멜리에〉에 나오는 레 되 뮬랭 카페에도 가 보고,
또 어떤 날은 아무것도 안 하고 공원에서 뒹굴거리며 여유도 부려야지.
아무튼 30일간 멋진 단기 파리지앵이 되어 보리라!
출국 수속을 마치고 나니, 창밖 너머로 내 오렌지색 가방이 먼저 비행기에 오르고 있었다. 안녕~ 이따 파리에서 보자고~.
파리 여행용으로 준비한 빳빳한 새 노트에 이것저것 긁적거리는 중에, 멀리서 탑승하라는 방송이 들린다.
"오케이! 탑승 준비 완료!"

INCHEON INTERNATIONAL AIRPORT

FROM HERE TO THERE

Lufthansa
A STAR ALLIANCE MEMBER
www.lufthansa.com
Arrivals
RUNNING
Paris-France
Have a good time
04/07~05/07
Schedules
FRIDAY
SUNDAY
Lufthansa
Canon
IXUS 800IS
LIFE ISN'T ABOUT
FINDING YOURSELF

생갱 몸 건강히 시계 사와~
생갱 몸 건강히 화장품 사와~

4월은 유럽 여행의 성수기라서인지, 발 빠른 사람들의 사전 예약이 이미 끝난 후라 이번 뮌헨 경유 비행기표도 정말 간신히 구했더랬다. 정말 간신히!
그런데 막상 타보니, 그런 내가 민망하리만큼 빈자리 투성이다. 뭐냐고요? 이런 거였어?
일단, 한동안 맛보기 힘들 비빔밥과 시원한 맥주를 한 잔 마시고, 그동안 쌓인 천근만근 피로를 베개 삼아 스르르 잠이 들었다.
얼마나 왔을까? 비행기 경유를 위해 주섬주섬 짐을 챙기는 사람들을 따라 나도 뮌헨에 내렸다. 공항 밖으로 보이는 어스름한 새벽 하늘 모습에 묘한 유럽의 기운이 느껴진다. 두 손 두 발 다 들게 만들던 까다로운 독일 보안검사대를 지나, 다시 파리행 비행기에 올랐다.
앞으로 비행시간 1시간 30분!
나, 이제 정말 파리에 가까워지고 있나 봐!

MUNICH

비행거리 8548 km (5349 mile)
비행시간 12시간 10분

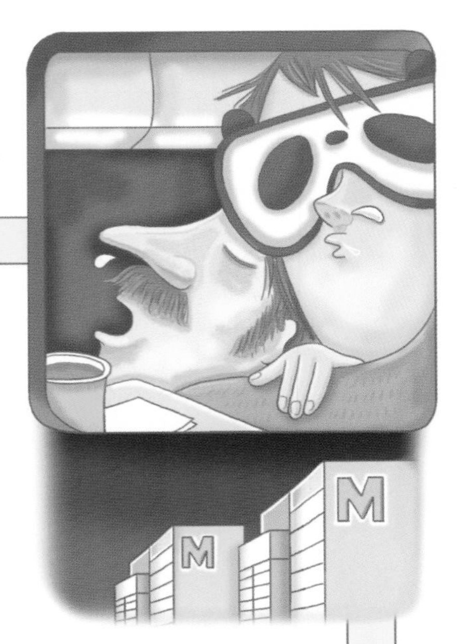

비행거리 685 km (420 mile)
비행시간 1시간 30분

EXIT
EXIT
EXIT
CHARLES-DE-GAULLE
PARIS

드디어 파리에 도착하다

첫 이미지마저도 왠지 파리스러운 샤를드골 국제공항!
긴 유리 통로의 에스컬레이터를 타고, 먼저 떠
난 오렌지색 가방을 찾으러 나섰다.
'와! 이 긴 통로는 어릴 적 미술 시간에 그렸던 미
래 도시의 해저 터널과 너무나도 흡사하다~ 위아래의 여
러 층을 서로 가로지르는 구조가 참 멋스럽고 독특하네.
그나저나 지금 공항 구경할 때가 아니지.'
슬슬 사방에서 들려오는 불어가 나를 휘감기 시작했고, 가이드북에서
미리 체크해 둔 파리시내행 공항버스 정류장마저 온데간데없다.
어디 이래가지고 파리에서 한 달 살겠나? 땀 삐질~.
가까스로 찾아 타고, 파리의 중심인 오페라에서 지예언
니와 상봉하다.

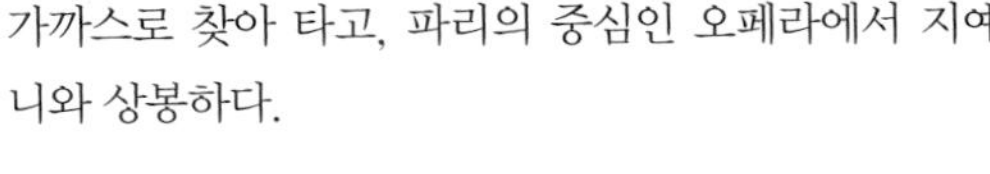

1st week

파리지앵의 첫 걸음, 바게트와 친해지기

나의 첫 파리, 노트르담 대성당

시차 덕분에 하루라는 시간도 더 얻고, 지예언니도 무사히 만나고, 날씨도 너무나 화창하고, 잠도 푹 자서 개운하기까지 하다. 첫날부터 '이보다 더 좋을 순 없다' 랄까?
그러나! 내가 머무르기로 한 방이 취소되었다는 비보가 단번에 뒤통수를 친다.
아뿔싸! 어떻게 온 파리인데, 오자마자 홈리스가 되어 버리다니! 이를 우째~.
일단, 당분간은 지예언니네 집에서 지내며 다시 알아보기로 하고, 무거운 마음으로 파리 시내로 향했다. 자! 파리 첫날인데 방 문제는 잠시 접어두고 파리를 만끽하자고~.
와우~ 여기가 그 유명한 노트르담 대성당이구나.
어서 나의 첫 파리를 카메라에 담아야지. 바로 관광객 모드로 변신!!

생갱's Paris tip

노트르담 대성당은 센강이 흐르는 파리 중심의 시테섬에 있어요. 흔히 세계사 시간에 배우던 고딕양식이 무엇인지 바로 알게 해주는 근사한 노트르담 대성당! '노트르담'은 영어로 풀이하면 'Our Lady'라는 뜻으로, 성모성당이라고 할 수 있어요. 즉, 노트르담은 지명이 아니라 이 성모에서 나온 말이므로, 파리에만 있는 성당 이름이 아니고 유럽 전역에 걸쳐 있답니다.

부활절을 맞이해 세계 각국에서 온 수많은 관광객들이 성당 안을 가득 메우고 있다.
방 문제로 브레이크가 걸려 있긴 하지만, 이곳이 뿜어내는 알 수 없는 따뜻한 기운에 앞으로의 파리 여행이 술술 잘 풀릴 것 같은 좋은 예감이 마구 밀려온다.
불어 좀 이해 못 하면 어때? 때론 낯선 이방인이 되어 새로운 도시에 둥지를 틀고 지내 본다는 건, 말로는 설명하기 힘든 묘한 짜릿함이 있다구! 어쩌면 이 짜릿함 때문에 이곳으로 왔는지도 몰라.
마지막으로 서로 악수를 하면서 나누는 평화의 인사 시간!
웃는 모습이 너무도 복스러운 흑인 아주머니가 나의 평화를 빌어 준다.
Peace with you~.
You too~.

파리지앵 되기 위한 준비

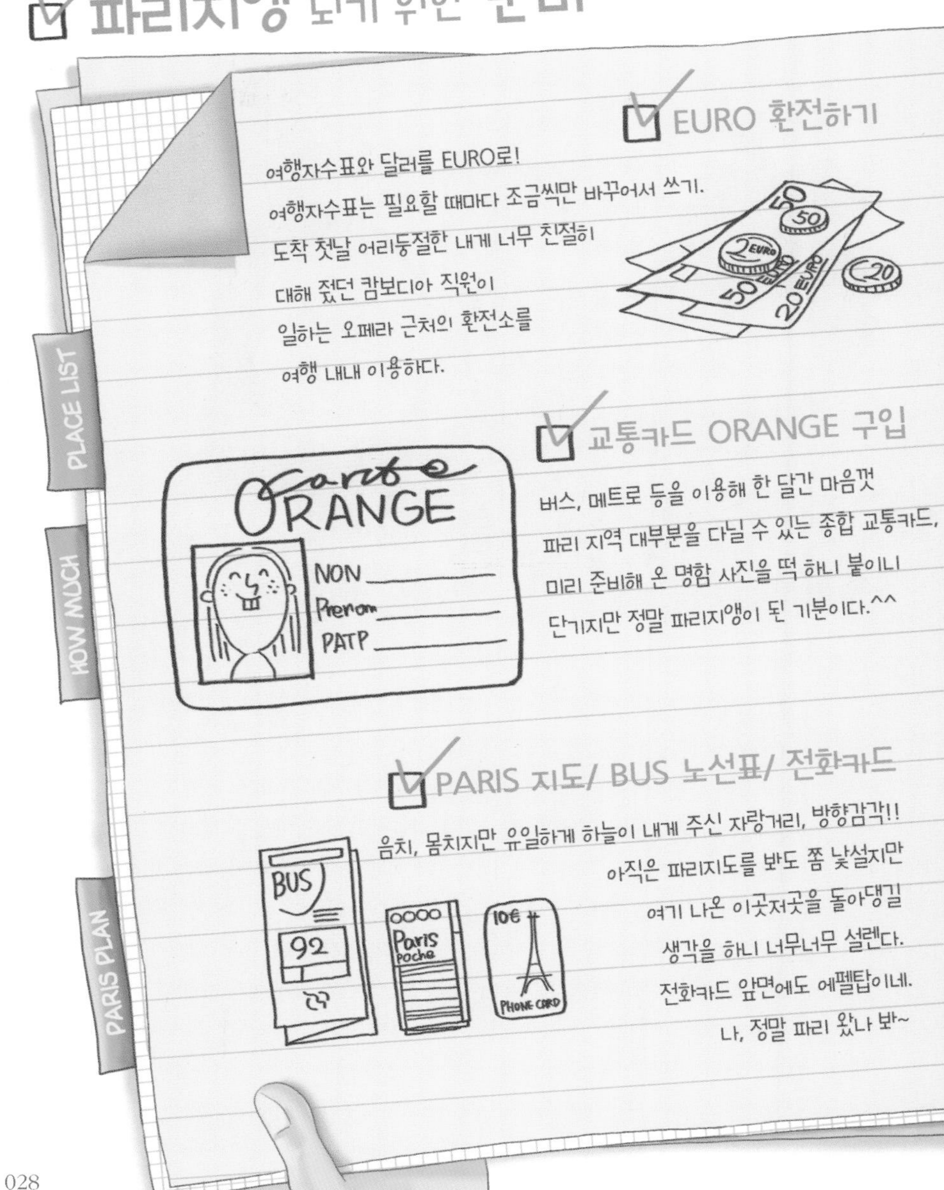
EURO 환전하기
여행자수표와 달러를 EURO로!
여행자수표는 필요할 때마다 조금씩만 바꾸어서 쓰기.
도착 첫날 어리둥절한 내게 너무 친절히
대해 줬던 캄보디아 직원이
일하는 오페라 근처의 환전소를
여행 내내 이용하다.
50
20
교통카드 ORANGE 구입
버스, 메트로 등을 이용해 한 달간 마음껏
파리 지역 대부분을 다닐 수 있는 종합 교통카드,
미리 준비해 온 명함 사진을 떡 하니 붙이니
단기지만 정말 파리지앵이 된 기분이다.^^
ORANGE
NON
Prenom
PATP
PARIS 지도/ BUS 노선표/ 전화카드
음치, 몸치지만 유일하게 하늘이 내게 주신 자랑거리, 방향감각!!
아직은 파리지도를 봐도 쫌 낯설지만
여기 나온 이곳저곳을 돌아댕길
생각을 하니 너무너무 설렌다.
전화카드 앞면에도 에펠탑이네.
나, 정말 파리 왔나 봐~
BUS
92
Paris Poche
10€
PHONE CARD
PLACE LIST
HOW MUCH
PARIS PLAN

☑ 생활용품 사기

어디보자. 뭘 사야 하더라.
상큼한 오렌지향 샤워젤,
스킨 로션 겸용 간편한 화장수,
쓱싹쓱싹 칫솔, 뽀송뽀송 수건,
기타 등등,,, 파리생활 준비 완료!!

WHERE IS MY ROOM ?

제일 중요한 방이 발목을 잡는구나~
Paris에 나 하나 머무를 곳이 없다니~
서울에서 미리 예약해 두었던 방은 졸지에
날아가 버리고 오도 가도 못하는 홈리스 신세~
불어 못 하는 생갱을 대신해 ㅠ ㅠ
친절한 지예언니의 전화 동분서주~
Please~ 제발 나타나 다오~ 나의 파리 방이여~
위시 리스트에 있던 Montparnasse의 프랑스 아주머니네 집이 왠지 끌리네~
홈스테이라~가능할까?

☐ 방 구하기

VAVIN
PARIS
FRANCE
-INCHEON
-MUNICH

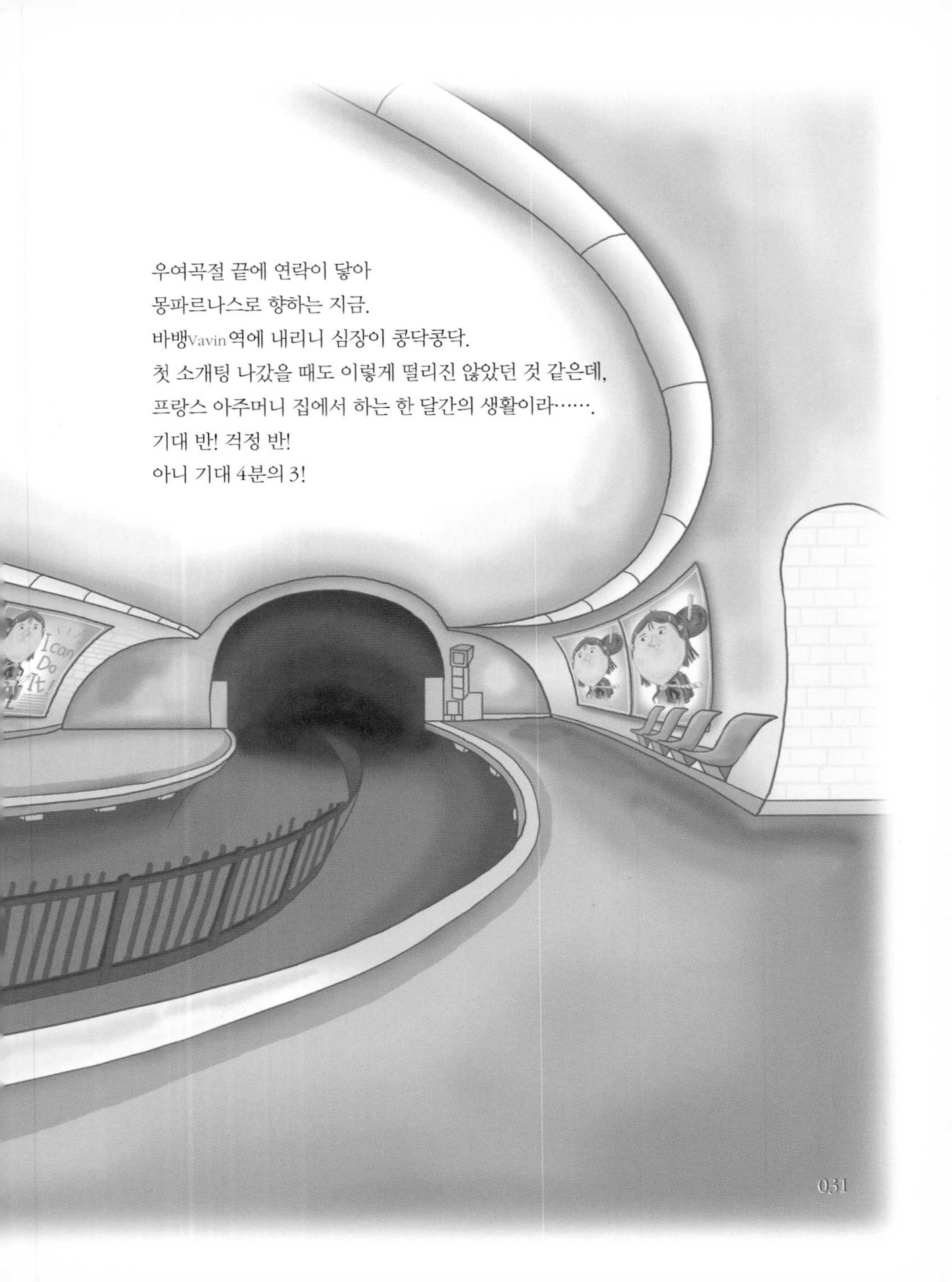

우여곡절 끝에 연락이 닿아
몽파르나스로 향하는 지금.
바뱅Vavin 역에 내리니 심장이 콩닥콩닥.
첫 소개팅 나갔을 때도 이렇게 떨리진 않았던 것 같은데,
프랑스 아주머니 집에서 하는 한 달간의 생활이라…….
기대 반! 걱정 반!
아니 기대 4분의 3!

로라와의 첫 만남

파리로 여행 오기 전,
프랑스인에 대한 나의 편견을 떠올려 보자면
대충 이랬다.
좋게는 우아하고, 세련되고, 인생의 멋을 아는 멋쟁이.
자유와 인권에 매우 관심이 많고,
자국에 대한 자신감이 넘치는 사람들!
나쁘게는 까다롭고, 도도하고, 불친절하고,
이기적이고, 식사와 수다는 끝이 없는 사람들!
뭐, 대충 이런…… 나만 이런 생각하나?
암튼, 불어 한마디 못 하는 내가 이런 프랑스인과 한동안 같이 지낼 수 있을까?
일단 콩닥거리는 마음을 진정하고, 1층 로비에 미리 마중 나와 있는 프랑스 신식 할머니 로라를 만나다.

파리 한번 구경하겠다고 저 멀리서 날아온
젊은 동양 처자 생갱과
파리 토박이 몽파르나스의 신식 파리지앵
로라 할머니가 만났을 때.
생갱의 한국식 저렴한 영어와
로라의 불어식 악센트 강한 영어가 만났을 때.
두루뭉술 정돈하고 사는 생갱과
완벽한 정돈이 몸에 밴 로라가 만났을 때.
이런 오묘한 조합 속의 파리 여행, 어쩐지 설렌다.
로라가 안내하는 복도를 따라
앞으로 내가 지낼지도 모르는 방으로 향한다.
이곳저곳 방을 알아보느라 지칠 대로 지친 내게
제발 이번만큼은 꼭 인연이 되어 주길~.

Yeh~~

두둥~
그녀가 안내한 방의 문을 여는 순간,
적당한 햇살과 뒷베란다를 통해 보이는
조용한 동네의 모습이 어찌나 예쁘던지…….
그리고 무엇보다도 벽에 걸려 있는
클림트의 〈키스〉와 빨간 스탠드가
너무나 맘에 들었다.
아늑한 분위기의 이 방에 마음을 뺏겨,
다소 부담되던 방값 걱정이 휙 가출해 버렸다.
"나 무조건 여기서 지낼래~ 로라, OK!"

매일매일 바게트 피리를 불어요

시끄러운 알람소리 대신 창밖 새소리에 눈을 뜨는 기분 좋은 파리의 아침.
매일 아침 생갱이 가장 먼저 하는 일은, 바로 바게트 샌드위치 사러 가기.
운 좋게도, 로라의 아파트 1층에는 '폼므 드 팽Pomme de pain'이라는 맛있는 빵가게가 있어서, 갓 구워진 고소한 바게트 샌드위치를 바로 살 수가 있다. 따끈한 햄과 부드러운 치즈가 딱딱한 바게트와 만나, 매일 아침 나를 녹이던 뤼방 블루Ruban bleu 샌드위치!
사실 난 지독한 한식 마니아라서, 느끼한 서양음식은 별로 좋아하지 않는다. 처음 파리에 와서는 긴 바게트를 볼 때마다, 먹고 싶은 생각보단 시골집 밤나무에 열린 밤들을 톡톡 따는 상상을 하곤 했었으니 말이다. 그땐, 바게트를 오고 가며 먹어대는 파리지앵들이 정말 대단해 보였다.
'저걸 우째 저리 잘 먹노?'
하지만 며칠 뒤부터는 정말 없어서 못 먹었다. 어찌나 입에 짝짝 달라붙던지…….
오늘 아침도 벌러덩 누워, 바게트 피리를 맛나게 불어 본다.
'오늘은 어디 갈까? 뭐 하지? 무슨 옷을 입을까?'
행복한 상상에 빠져, 피식피식 절로 웃음이 난다.

WHERE ? HOW ?

WHEN ?

Paris
Street
Le Forum
Marais
Saint-Germain Des Prés

파리의 색다른 길거리 풍경

오늘은 발길 닿는 대로 그냥 다녀 볼까나? 일단, 버스부터 아무거나 타 보는 거야. 밖이 잘 보이는 맨 앞자리에 앉아, 눈에 쏙 들어오는 곳이 보이면 훌쩍 내리는 거지. 혹시 알아? 아무도 발견하지 못한, 나만의 색다른 파리를 찾아낼지도 모르잖아.
파리를 분석하러 온 게 아니니까, 많은 정보와 빠듯한 일정은 필요없다고! 천천히 둘러보면서 파리를 제대로 느껴 보는 거야!

생깽's Paris tip

파리는 구석구석 예쁜 골목들이 참 많고 또 미로처럼 연결되어 있어서, 여유 있게 걸으며 구경하기 좋아요. 마레 지구의 좁다란 골목을 따라 사람들 틈 속에서 구경하는 것도 좋고, 시원스레 뻥 뚫린 샹젤리제 거리를 좌우 번갈아 가며 거닐어도 좋고, 색다른 느낌의 동네인 베르시 빌라주도 강추!!

Colorful Paris

먼저 다녀온 사람들에게 익히 들어 알고는 있었지만, 파리는 정말 작은 곳이다.
시테섬의 노트르담 대성당을 지나 조금 걷다 보면, 어느새 루브르박물관. 조금만 더 걸어가면 샹젤리제 거리가 바로바로 눈앞에 펼쳐진다. 발길 닿는 대로 걸으며 찾아가는 재미가 쏠쏠하다.
부지런히 걸어 다니며 센강 위아래로 숨어 있는 보석 같은 곳들을 다 찾아보리라.
이 정도 크기라면, 얼마든지 가능할 것 같다.
슬슬 욕심나네!

얼핏 보면 파리의 건물들은 다 오래되고 회색빛인 것 같지만, 눈을 더 동그랗게 뜨고 1층을 보라. 띠용~ 좁은 골목을 따라 옹기종기 모여 있는 알록달록한 여러 상점들과 재미난 물건들이 '컬러풀한 파리'를 만들어 낸다. 빨간 자동차, 파란 하이힐, 오렌지색 케밥 가게, 노란 우체통 심지어 저 파란 하늘까지…….

오우~ 컬러풀한 파리여! 아, 매력적인 파리에 흠뻑 취해 파리지앵들 사이로 나 혼자 비틀비틀 거닐고 있다. 대낮부터 비틀비틀…… 어쩜 좋니~.

Le Forum Des Halles
Champs Elysees
Marais
Saint-Germain Des Prés

happy
happy

LE MULTICOLORE
folie's

Lovely Paris

길을 걷다 우연히 'happy'라는 꽃집을 발견한 순간, 발길이 멈춰졌다. 화사하고 예쁜 꽃들이 사람들 눈에 더 잘 띄도록, 블랙 간판에 블랙 화분으로 준비해 놓은 저 센스! 평상시 꽃을 품고 사는 순정파 소녀는 아니지만, 왠지 이 꽃집과 마주하는 이 순간만큼은 정말 happy해지는 기분이다.
길을 걷다 낡고 후미진 모퉁이에서 만난 귀여운 벽화, 초록색 사과 모양의 휴지통, 갸우뚱거리며 반기는 오렌지색 강아지. 그리고 저 먹다 남은 파인애플과 포크의 의미심장한 배열은 또 뭘까?
파리는 이렇게 자꾸 내게 신호를 보낸다. 알면 알수록 재미난 곳이라고, 내가 보는 만큼 마음껏 느끼게 해줄 거라고…….

관람객 모드의 파리 카페 풍경

처음 파리를 거닐면서 가장 의아했던 건, 카페에 있는 사람들이 모두 밖을 향해 관람객 모드로 앉아 있던 모습이었다. 혼자 온 사람이든 그 이상이든, 마치 해바라기처럼 일제히 도로변을 향해 앉아 있었다. 처음엔 시선이 가득한 그 앞을 지나가기가 어찌나 민망했던지…….

'이건 무슨 시추에이션? 완전 어색하네. 참 특이한 사람들이야!'

하지만 정말 보기 좋은 건, 파리에서는 이런 카페에서 남녀노소 상관없이 자신만의 시간을 즐긴다는 점!

새하얀 머리의 호호할아버지도 요란한 스키니진의 젊은이들 사이에서 여유롭게 근사한 맥주 타임을 갖는다.

"자, 건배! 오~ 멋진 파리여!"

Restaurant

생갱's Paris tip

퐁피두센터의 이름은 전 프랑스 대통령 조르주 퐁피두Georges Pompidou의 이름에서 유래된 거래요. 파리의 현대적인 모습을 보고 싶다면 꼭 퐁피두센터에 가 보세요. 1층 서점에는 정말 다양하고 새로운 책들이 많아 전 이곳에서 매일 살다시피 했어요. 그리고 서점 위로 올라가면 카페 하나가 있는데, 1층 로비가 한눈에 보여요. 전망도 좋고, 웅성거리는 소리마저 근사하게 느껴지는 곳이랍니다.

퐁 · 퐁 · 퐁 퐁피두센터 속으로

파리의 오래된 건물들 사이로 우뚝 솟아 있는 독특한 포스의 퐁피두센터.
이름부터 통통 튄다 싶었는데, 외관을 보아하니 정말 범상치 않다. 패션뿐 아니라 건축 공부를 위해서도 많은 사람들이 파리로 모여든다고 하던데, 퐁피두센터를 마주하니 그 이유를 좀 알 듯하다.
개장 시간에 맞춰 아침 일찍부터 모여든 사람들 사이로 나도 부지런히 줄을 섰다.
얼른 저 속으로 빨려 들어가 보자! 가자, 퐁피두 속으로!!

외관의 철골구조 그리고 색색의 파이프들이 참 독특하다. 당연히 콘크리트 안에 숨겨져 있어야 할 것들을 겉으로 다 드러내다니, 이것이야말로 진정한 역발상이 아닐까?
색색의 파이프들은 정신없어 보이지만 안전을 뜻하는 노랑은 전선, 물을 나타내는 녹색은 수도관, 공기를 뜻하는 파랑은 환기구를 상징하고, 에스컬레이터 경사면은 빨강으로 처리해 놓았다고 한다.
퐁피두센터에는 파리국립근대미술관뿐만 아니라 도서관, 카페, 극장, 서점, 레스토랑 등이 있다. 정말 제대로 복합문화센터인 이곳! 파리에 대한 고정관념을 '팍' 깨준다!
근데, 저기 보이는 건 뭐지? 《BD REPORTERS》?

BD REPORTERS

상설 전시로 1층에서 열리고 있던 《BD REPORTERS》(2006년 12월 20일~2007년 4월 23일) 에서는, 세계 각국 25명의 일러스트레이터들이 자신의 여행을 그림과 글로 담아 낸 책들을 원화와 함께 전시하고 있었다. 이 전시야말로 나에겐, 파리에서 얻은 가장 큰 선물이요, 보물이요, 수확이다!

여행을 할 때마다, 늘 내 머릿속에 떠오르는 건 '이 순간을 그림으로 남기면 참 좋겠다!' 라는 생각이었다. 호주에서는 오페라하우스보다 하늘에서 내려다 봤던 갈색 지붕들이 가득한 시드니의 첫 모습에 더 설레었고, 인도에서는 타지마할보다 갠지스강에 둥둥 떠다니던 노란 꽃초의 움직임이 더 생생하게 느껴졌던 나만의 느낌을 담은 그림! 근사한 여행 사진들은 세상에 너무 많잖아? 나만의 그림이야말로 여행의 묘미를 녹녹히 담아내 줄 거야. 이렇게 오래도록, 간절하게 내 안에 머물던 생각을 선명하고 말끔하게 다림질해 주는 이곳!! 그래, 바로 이거였어!

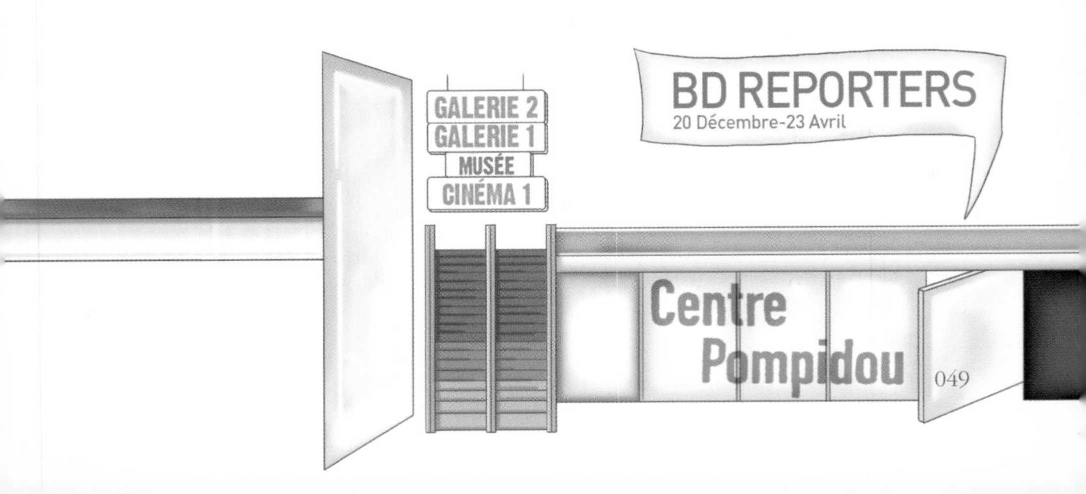

일본, 베트남, 타이완 심지어 아프가니스탄까지……. (그런데 안타깝게도 우리나라는 없었다. 흐흑.) 전시된 그림과 글을 보며, 작가가 여행에서 어떤 경험을 하고 어떤 느낌이었는지 공감할 수 있어서 참 좋았다. 스케치에서부터 다양한 표현 기법에 이르기까지 작가 저마다의 개성이 묻어나, 파리를 넘어 실제로 세계 일주를 하는 기분이다.
새로운 세상으로 향할 때는, 여행 가방에 붙여진 스티커만 보아도 설레기 마련이다. 유명 관광지 앞에서의 사진 한 장이 세상에 부러울 것 하나 없는 기쁨이 되기도 하고, 때론 어느 이름 모를 작은 시장 골목을 돌아다니며 담아 보는 스케치가 여행을 더 풍성하게 하기도 한다. 지금 나에게 파리도 그러하다. 나를 둘러싼 모든 것이 호기심을 쿡쿡 찌르는 자극으로 다가오면서, 파리를 그리고 싶어진다.
차곡차곡 생갱만의 파리를 담아 보리라.

↑ 노트에 간단하게 스케치한 것부터 책으로 출간되기 전의 원고에 이르기까지, 여행의 재미가 다양하게 표현된 전시였어요. 특히 오토바이 천국 베트남 하노이의 저 두 여인, 왠지 그곳에 가면 정말 만날 것만 같지 않나요?

Paris Musée Nationale d'Art Moderne →

파리국립근대미술관에 들어서다

그러고 보니, 루브르박물관과 오르세미술관보다 이곳 퐁피두센터 안의 파리국립근대미술관부터 오게 됐다. '루브르-오르세-퐁피두' 순으로 미술작품이 시대별로 나뉘어 전시되기 때문에, 나의 미술관 투어는 시간을 거슬러 올라가는 감상이 될 듯하다.
퐁피두에 가장 먼저 오고 싶었던 이유는, 나와 분야는 다소 다르지만 존경해 마지않는 필립 스탁Philippe Starck과, 볼 때마다 나를 피식 웃게 만드는 장 뒤뷔페Jean Dubuffet의 작품들이 있기 때문이다. 그들의 작품들을 직접 볼 생각에 너무나 설렌다.
'자, 일단 필립 스탁을 향해 내비게이션을 좀 켜 볼까?'
'수퍼 스탁' 이라는 별명을 가진 필립 스탁은 프랑스의 대표적인 산업디자이너다. 그의 작품들을 보면 미래지향적이면서도, 그 안에 위트와 유머가 담겨 있다. 좋은 디자인은 다 통하는 법일까? 작은 수저에서부터 유로스타와 같은 기차 디자인까지, 그의 디자인 범위는 굉장히 넓다.
이미 전 세계 수많은 마니아들을 확보한 필립 스탁! 생갱도 이미 그 대열에 합류 중!!

PHILIPPE S+ARCK

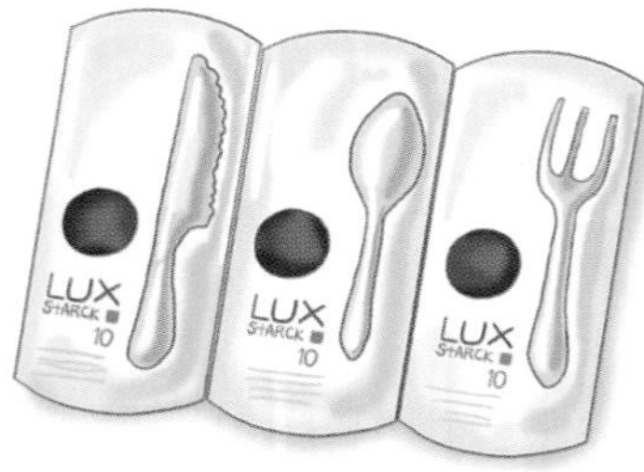

"나는 부자를 위해 2억 달러짜리 요트도 디자인하지만, 가난한 사람도 살 수 있는 2달러짜리 우유병도 디자인한다. 돈의 많고 적음을 떠나, 그 제품을 사용할 사람에 대한 존경심과 사랑을 갖고 디자인한다. 디자인의 시작은 인간에 대한 사랑이다."

어느 날 이상과 현실 사이에서 좌절했을 때, 우연히 알게 된 필립 스탁의 명언! 나의 디자이너로서, 또 일러스트레이터로서의 방향을 깔끔하고 시원하게 정리해 주어서 얼마나 기뻤는지 모른다.

넓은 세상에서 점 하나에 불과한 작고 작은 나이지만, 이곳에 오니 마음만큼은 그 이상의 것을 담고 살아 갈 수 있을 것 같다.

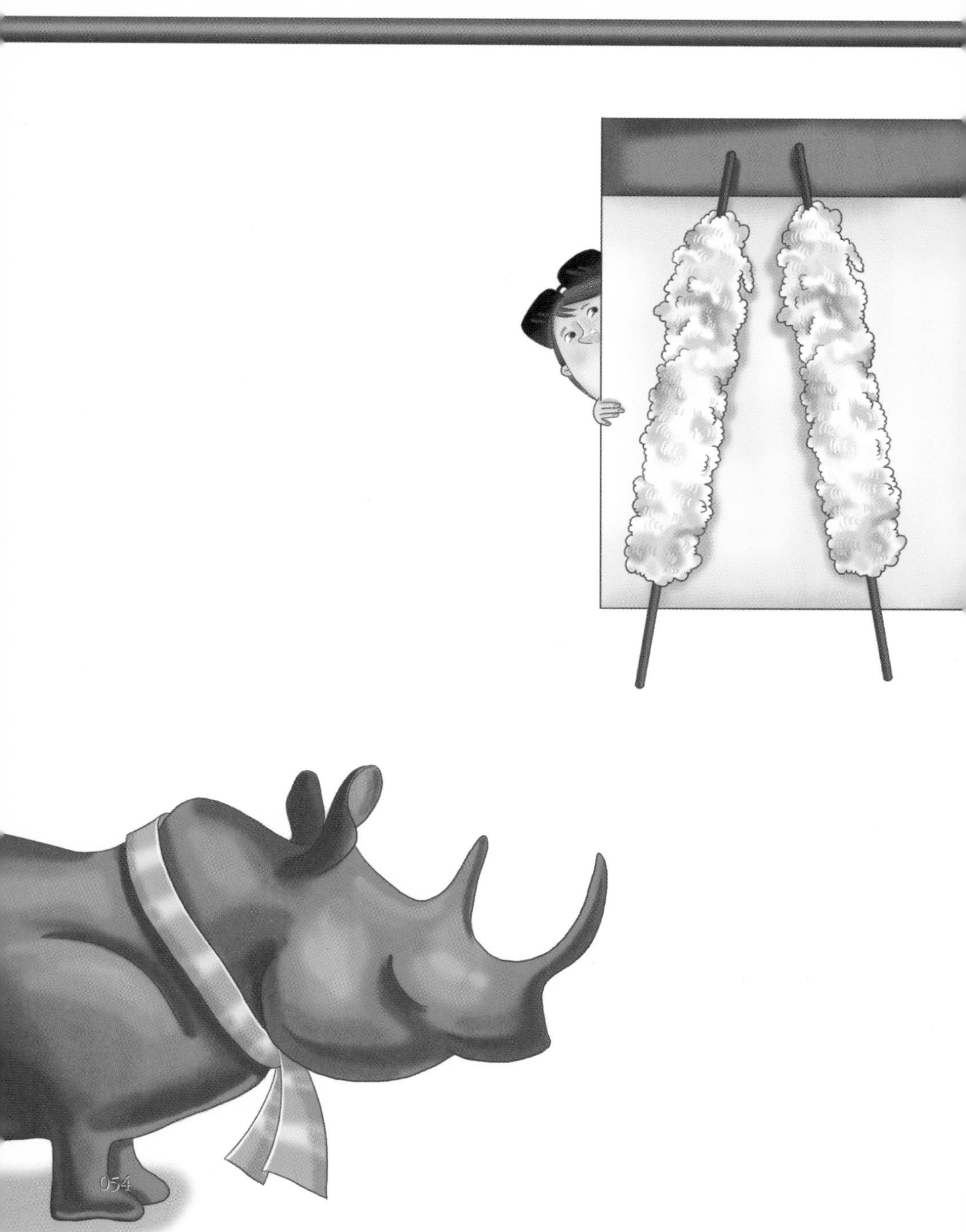

4층부터 6층까지 현대미술작품들로 가득 찬 파리국립근대미술관!
'저 어마어마한 솜 뭉텅이는 뭘까? 남색 액자…… 설마 저게 다야? 한번쯤 꼭 따라 그리고 싶은 모딜리아니 작품도 보이고, 저 빨간 코뿔소도 어디서 본 것 같은데…….'
여러 작품들 구경에 한창 빠져 있을 무렵, 와! 드디어 찾았다. 장 뒤뷔페 작품!
내가 장 뒤뷔페를 알게 된 건, 어느 예술 잡지에 나온 재미난 할아버지 그림 때문이었다. 머리는 다 빠져 몇 가닥 안 남고, 비뚤어진 안경에 잔뜩 찡그린 얼굴이 마치 아이들의 낙서처럼 쉽고 재미있게 다가와 느낌이 너무 좋았다.
그때 그 그림을 이렇게 직접 보게 되다니! 잘 그리는 것보다 자유롭게 그리는 것이 얼마나 어려운지 알기에, 나는 그가 한없이 존경스럽다. 그래서 그 어느 작품보다도 이 앞에 오래 있고 싶어진다.
그런데 이렇게 뛰어난 장 뒤뷔페가 중년 전까지는 작가가 아닌 와인 상인이었다고 한다. 만약 그가 계속 와인만 팔았다면? Oh, No~ no! 절대 안 될 일이야!

LE CENTRE POMPIDOU
BD REPORTERS
Saenggaeng
Jean Dubuffet
장 두뷔페
내 꿈도 약간 더 커진 것 같아
(=^오^=) 크크크
"PARIS"
생갱의 파리여행책
알록 달록한
Philippe Starck
필립 스탁이 디자인한 KONG에 반드시 가야지!
여행 마지막 날 점심을 근사하게 KONG에서?
MEMORIAL
de 2 petite exposition de dessins et de peintures de Jean Dubuffet
POMPIDOU CENTRE
퐁피두센터 또 오고 싶다~
여기 완전 좋아~
EVERYBODY
세상엔 정말 다양한 사람들이 살고 있다.
Dreams Cometrue
퐁피두센터 광장은 살짝 기울어져 있다. 오잉~
Pompidou

퐁피두센터에서 나오니, 마치 긴 해저 통로를 따라 보물로 가득한 고래 뱃속을 구경하고 나오는 기분이다. 덕분에 나의 여행 노트도 스케치로 풍성해졌다.
퐁피두센터 옆 광장의, 알록달록 재미난 조각이 설치된 스트라빈스키 분수 앞에 앉아 햇살 좋은 하늘을 쳐다보고 있자니, 천국이 따로 없다.
하루에 모든 걸 소화하기엔 너무나도 부족했지만, 온종일 엄청난 포스의 예술을 접하고 나오니 작은 것에 연연하며 전전긍긍했던 나도 말끔하게 정화된 느낌이다.
아, 정말 오길 잘한 것 같아. 그리고 이곳에서 내 꿈도 약간은 더 커진 것 같아.

VANVES VANVES

시간이 멈춰 버린 천국, 방브 벼룩시장

유명한 에펠탑, 거대한 루브르박물관보다도 더 와 보고 싶었던 파리의 벼룩시장.
드디어 내가 왔도다!
인사동이나 황학동에 가면, 지난 것에 대한 알 수 없는 아련한 향수를 느낄 수 있어 참 좋았다. 마치 내가 경험하지 못한 시대와 소통하는 기분이랄까? 이곳 방브 시장은 또 어떤 느낌일까?
전생에 리어카 고물장수였을지도 모르는 자체수집광 생갱에겐 이만한 곳도 없지. 두근두근 완전 기대돼.
'지름신이여, 지나치게 빈번한 강림은 말아주세요. 플리즈~.'

Start Line

생갱's Paris tip

파리 14구에 있는 방브 벼룩시장은 주말에만 열어요. 파리의 유명 관광지들이 밀집돼 있는 중심에서 벗어나 오랜만에 외곽 동네도 구경할 겸, 전 95번 버스(몽마르트르~방브 노선)를 타고 갔어요. 버스 종점이 바로 시장이라서, 어디서 내릴지 긴장 안 해도 된답니다.

와우! 파리 한구석에 시간이 멈춘 천국이 있었구나! 아기자기한 물건 구경에 오고 가는 사람들 구경에, 나의 시간도 같이 멈춰 버린 것 같다.
프랑스 물가가 워낙 비싸기도 하지만, 이곳 골동품의 가격은 정말 만만치가 않다. 그럼에도 불구하고 기어코 흥정해서 사려는 손님들과 '오늘 아니면 내일 팔면 되지 뭐' 하는 태도로 여유롭고 도도한 상인들은 뭔가 바뀌어도 한참 바뀐 것 같단 말이지.

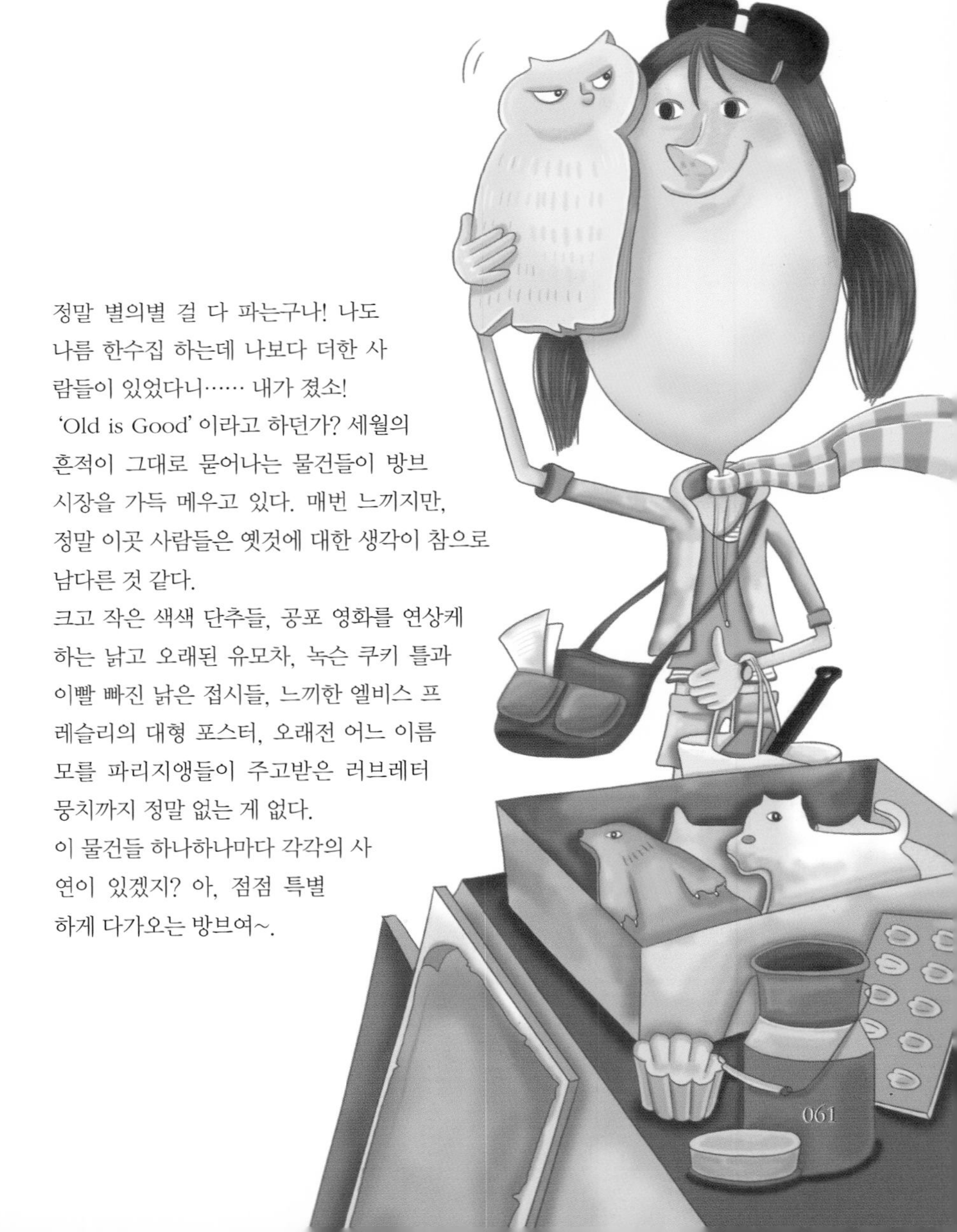

정말 별의별 걸 다 파는구나! 나도
나름 한수집 하는데 나보다 더한 사
람들이 있었다니…… 내가 졌소!
'Old is Good' 이라고 하던가? 세월의
흔적이 그대로 묻어나는 물건들이 방브
시장을 가득 메우고 있다. 매번 느끼지만,
정말 이곳 사람들은 옛것에 대한 생각이 참으로
남다른 것 같다.
크고 작은 색색 단추들, 공포 영화를 연상케
하는 낡고 오래된 유모차, 녹슨 쿠키 틀과
이빨 빠진 낡은 접시들, 느끼한 엘비스 프
레슬리의 대형 포스터, 오래전 어느 이름
모를 파리지앵들이 주고받은 러브레터
뭉치까지 정말 없는 게 없다.
이 물건들 하나하나마다 각각의 사
연이 있겠지? 아, 점점 특별
하게 다가오는 방브여~.

CHAUSSETTES
LERICHE
RENFORCÉES AUX POINTS D'USURE

JE T'AIME
MOI AUSSI

사랑해~ 나도 사랑해~ 뭐 대충 이런 뜻?
컵의 손잡이를 이렇게 해 놓다니!
생갱 자체 별점 5개의 아이디어다. 정말 아이디어 좋네.
어느 날, 순박한 신사와 우아한 숙녀가 만나 곧 사랑을 하게 된다.
왜냐~ 여기는 파리니까~

인쇄술이 요즘처럼 발달되지 않아
조금씩 핀이 엇갈려 찍혀 있다.
왠지 이런 미숙한 인쇄 느낌이 더 더 보기 좋다.

RÉGALEZ-VOUS!

시럽 광고? 파이 광고?
Red,Yellow,Blue
이 3가지 컬러만으로 '달콤함'을 표현하다니~
손느낌이 팍팍 나는 일러스트에 옛스런 느낌이
턱~하니 배어 나온다.
이거 넘 머찌잖아~

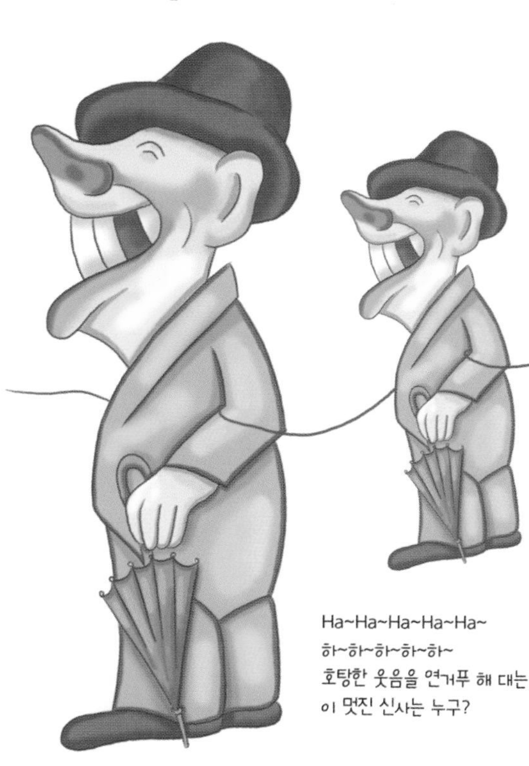

Ha~Ha~Ha~Ha~Ha~
하~하~하~하~하~
호탕한 웃음을 연거푸 해 대는
이 멋진 신사는 누구?

VANVES

방브에서 만난, 나보다
나이 많은 귀여운 녀석들

무엇에 쓰는 물건인고?
양초를 나란히 꽂을 수 있는 멍멍이? 들쑥날쑥 연필 꽂아 두는 연필꽂이?
너 어쩜 좋니~ 귀여워 죽겠구만.

나폴레옹? 모짜르뜨?
손으로 그리고 손으로 직접 깎은 나무 옷걸이.
오래오래 묵은 손때도 너무나 정겹다.

랄랄라~ 랄랄라~ 스윙 스윙 마이 베이베~~
두 남녀가 접시 위에서 춤을 춘다?
왠지 엘레강스하고 고풍스런 꽃접시만 썼을 것 같던
파리지앵들도 이런 깜찍한 접시에
그 긴 프랑스 코스를 먹었겠구나.

줄을 서시오~
나를 어여 분양해 가시오~
부엉이, 곰, 양... 동물 일러스트 메모지
여러 마리 사서 친구들한테 편지 쓸 때
클라이언트한테 계약서 보낼 때
한 마리씩 넣어 주야지~

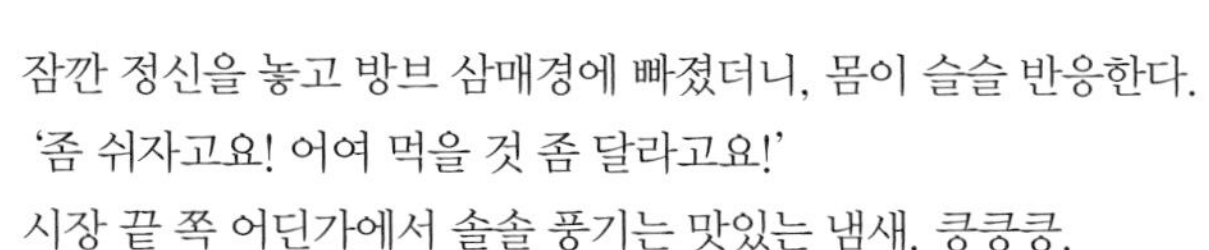

잠깐 정신을 놓고 방브 삼매경에 빠졌더니, 몸이 슬슬 반응한다.

'좀 쉬자고요! 어여 먹을 것 좀 달라고요!'

시장 끝 쪽 어딘가에서 솔솔 풍기는 맛있는 냄새. 킁킁킁.

울트라급 개코를 장착한 인간 내비게이션 생갱, 어느새 스낵바 앞에 섰다.

능청스런 스낵바 아저씨의 장난을 양념 삼아, 감자와 고기가 듬뿍 들어간 방브표 케밥을 한입 베어 물었다.

'이 케밥 정말 죽여주네. 에헤라디야~.'

우걱우걱 먹는 와중에도 내 눈은 자꾸만 건너편 어느 무명 화가의 그림들로 향한다. 언젠가 나도, 저렇게 작품들을 팔 수 있는 날이 올까? 내 작품을 같이 공감해 주며, 자기 공간의 한구석을 내 작업물로 채우려는 사람들을 만날 수 있을까?

꿀맛 같은 케밥과 멋진 그림 감상, 그리고 설레는 상상.

Café
MOKARABIA
GAUFRES
Perrier

VANVES
VANVES

에스크 주 프 브아 싸?
(이거 봐도 되나요?) ^^::
급조한 불어 - 한글발음 필수!!

파리에 오길 잘했어! 방브 시장에 오길 정말 잘했어!

알뜰 쇼핑을 하리라 그렇게 다짐했건만, 지름신께서는 잔인하게도 자꾸 오셨다. 훠이 훠이~ 오지 마~.
아무리 주인 마음대로라지만 너무들 비싸다. 정말 부르는 게 값! 불어든 영어든 그 끈이 길면 이럴 때 참으로 좋으련만, 말이 안 통하니 별 수 있나? 생갱표 함박 미소를 들이대 보는 수밖에…….
'으흐흐~ 토하지만 마시고 그냥 기분 좋게 깎아 주시와용!'
아까부터 자꾸 눈에 밟혔던 노란 바나니아Banania냄비를 사자! 모노프리에 가면 더 저렴한 새 제품이 있지만, 난 왠지 꼬옥 이놈이어야만 할 듯하다. 한국으로 데려가서 세상에서 제일 맛있는 생갱표 김치찌개를 끓여 먹어야지!
부엉이 · 양 · 곰, 저 삼총사 메모지 녀석들도 사야겠어. 나중에 작업실 벽에 쪼르륵 붙여도 예쁠 것 같고, 딱딱한 계약서 보낼 때도 한 마리 같이 넣어 주면 왠지 훈훈해질 듯해! 아, 친구들에게 편지 쓸 때도 한 마리씩 보내야지. 파리에서 한 마리씩 입양 보내는 기분으로 말이야.
그리고 앤티크 똑딱이 카메라, 빈티지 카드게임세트 등 이것저것 사느라 정신없는 사이에 어느덧 하나둘씩 짐을 싸기 시작한다.
'오잉? 난 이제 시작인데, 왜 다들 벌써 가냐고요~ 어흑!'
아무래도 다음 주에 다시 와야겠다. 파리의 보물이 가득 모인 이곳! 방브, 방브로!

LERICHE
SOCRADEL
BANANIA

LOVE
IS ALL
AROUND IN
Paris

파리지앵은 행복하다

파리지앵들은 어떻게 살까 참으로 궁금했다.
정말 모두 바바리코트와 넓은 챙 모자를 쓰고, 기다란 바게트를 뜯으며 센강을 걸어 다닐까?
친구 말로는, 지나가는 거지도 멋지다고 하던데 정말일까?
한동안 메말라 있던 마음을 한없이 녹여 버리는 파리지앵들…….
파리에선 모두가 행복해 보인다.

Don`t cry
I`m alone but it`s O.K
We`re drawing Flowers
1-2-3 and Smile
Always Together

한 카페에서 수줍게 커피 주문을 받던 멋진 청년.
어디서 구했는지 온통 핑크색으로 도배하고 센강을 가로지르던 올드 우먼.
뤽상부르 공원에서 만난, 동화책에서 막 튀어나온 듯한 커다랗고 파란 눈의 꼬마.
자기와 닮은 인형을 요리조리 움직이며 공연하던 거리의 예술가.
게슴츠레 뜬 눈으로 담배를 피던 꽃을 든 아가씨.
로라와 함께 간 작은 공연에서, 한껏 멋을 낸 모습으로 오페라를 열창하던 아저씨.

저마다 자신만의 삶의 이야기가 있을 것이다. 때로는 더없이 행복하기도 하고, 가끔은 바닥을 치는 절망을 맛보기도 했을 것이다.
누구나 그리며 살아가는 인생의 희비곡선!
다양한 파리지앵들을 보고 있으면, 그 속에 나의 여러 가지 모습이 보인다.
그중 가장 분명한 건, 이들처럼 지금 이 순간 나도 참 행복하다는 사실.
"행복합시다. 어디에서든 어느 순간에서든."

2nd week

파리지앵의 일상,
센강을 바라보며
칵테일 한 잔

미스터 피카소네 다녀오기

이 모퉁이만 돌아서면 피카소미술관이 나타날 것이다. 또랑또랑한 눈빛을 가진 그는, 다들 알다시피 신선하고 재미난 작품들을 많이 남겼다. 그래서 꼭 한번 직접 들르고 싶었던 이곳.

MUSÉE
PICASSO
New!
Creative!

피카소는 스페인 출신이지만 작품 활동을 주로 파리에서 했기 때문에, 스페인에 있는 피카소미술관보다 이곳에 더 많은 작품들이 있다고 한다.
천재 화가였지만, 바람둥이기도 했던 피카소. 그는 얼마나 천재였을까? 또 얼마나 바람둥이였던 걸까?
피카소의 작품은 현존하는 작가의 요즘 작품들 못지않게 파격적이고 신선하다. 관람을 마치고 나면, 미술관 끝에서 정말 피카소를 만날 것만 같다. 그 어떤 작가와도 겹치지 않는 그만의 독특한 예술세계는 타고난 천재성에서 시작됐을지도 모른다. 하지만 이곳의 수많은 스케치와 초창기 작품들은 그의 끊임없는 노력을 증명해 주고 있다.
사실적으로도 그렸다가 입체적으로도 그렸다가, 이리저리 쪼개고 분할했다가 그리고 다시 또 단순하게 그렸다가, 이것저것 붙이기도 했다가 조각으로도 만들어 봤다가……. 수많은 시도와 도전을 거쳐 탄생한 작품들을 보니, 그의 자유분방한 인생만큼이나 작업 방법 또한 거침없었던 것 같다.
부모님을 따라 이곳에 놀러 와 구경도 하고, 바닥에 엎드려 고사리 같은 손으로 작품을 따라 그리는 꼬마의 모습이 너무나도 귀엽고 사랑스럽다. 나도 이 아이처럼 일찍 피카소 그림을 접했으면 좋았을 것을……. 아니면 피카소처럼 이성친구를 더 많이 사귀는 게 좋았을라나? 푸힛~.
마음에 드는 그림이 너무도 많아 이곳을 나서기가 싫어진다.
나 오늘은 좀 더 있다가 갈래~.

생갱's Paris tip

피카소는 연인이 바뀔 때마다 화풍도 같이 바뀌는 것을 알 수가 있어요. 예를 들면 두 번째 연인 에바랑 사귈 때는 큐비즘이었다가, 세 번째 연인 올가랑 사귀면서 고전주의로 바뀌죠. 심지어 마리 테레즈와 도라 마르, 두 여자를 동시에 사귈 때는 상반된 두 여인의 얼굴을 함께 그리는 초상화 작업을 많이 하기도 했대요. 한 명의 거장이 나오기 위해선 어쩔 수 없는 걸까요? 아무리 그래도 이거 너무하네!

Musée
Rodin
Auguste Rodin
Camille Claudel

로댕과 까미유 끌로델을 만나다

중학교 때 언니랑 이자벨 아자니 주연의 영화 〈까미유 끌로델〉을 본 적이 있다. 감수성 예민한 시절이라 그랬는지, 영화 보는 내내 까미유 끌로델과 하나가 되어 무진장 오열했던 기억이 난다.

영화 속 그녀처럼 언니와 나도 로댕과 같이 망치로 두들기고 조각하면서, 로댕을 사랑했다가 집착했다가 미워했다가 그러기를 반복했더랬다. 그때는 참 궁금했다. 길고 긴 로댕과의 애증관계, 로댕의 그늘에 가려진 까미유 끌로델의 너무나도 슬퍼 보이는 삶. 그리고 그들의 예술혼!

아침 일찍 로댕박물관을 가려고 한다는 말에, 로라 아주머니는 계속 갸우뚱거리신다. 몇 번이나 로댕이 뭐냐 물어보는 로라!

파리지앵 아주머니가 설마 모를 리는 없을 텐데…….

"뮤제 로댕? 로…… 뎅? 아, 뮤제 호댕!"

오뎅도 아니고 호댕이 뭐지? 불어에서 R은 대부분 'ㅎ' 발음이라, 로댕이 아니라 호댕을 만나러 간다고 해야 맞는 거란다. 오호~그렇구나.

'뮤제 호~댕' 앞쪽 정원에서는 〈지옥의 문〉, 〈생각하는 사람〉 등 로댕의 유명한 작품들을 볼 수 있다. 〈지옥의 문〉은 사실 미완성 작품인데, 한 부분 한 부분 자세히 보면 인간의 추악한 모습이 여러 형태로 조각되어 있어 제목만큼이나 살벌하다.
'정말 착하게 살아야지, 안 되겠어.'
너무 유명하고 복제품도 많아서 그런가? 〈생각하는 사람〉 앞은 유독 한산하다. 하긴 저리 생각이 많아 보이니, 사람들이 사뿐사뿐 피해 갈 수밖에 없을 것 같긴 하다.
그리고 까만 트럭을 타고 조심스레 어디론가 외출하는 〈칼레의 시민〉은 마치 얼음땡 놀이를 하고 있는 것만 같다. 색 테이프로 고정시켜 차례차례 나가는 모습이 왠지 모르게 귀엽기까지 하네! 얘, 너희들 어디 가는 거니?

1~2층으로 구성된 박물관 내부는 매우 어둡지만, 창문을 통해 들어오는 빛이 작품들을 더 생동감 있고 입체적으로 보이도록 해 준다.
비록 해피엔딩은 아니었지만, 로댕과 까미유 끌로델의 사랑과 열정이 녹아 들어간 작품들을 직접 보니 가슴이 뭉클해졌다.

생갱's Paris tip

로댕박물관은 로댕이 자신의 작품을 국가에 기증해 박물관을 만든다는 조건으로 죽기 전까지 사용한 곳이래요. 그래서 박물관의 느낌보다는 어느 저택에 놀러 온 듯한 아담한 분위기예요. 천천히 관람하신 후 박물관 뒤로 펼쳐진 정원을 거닐어 보거나, 잔디에 앉아 여유를 만끽해 보는 것도 잊지 마시길 바라요. 참고로, 몽파르나스 타워 근처의 부르델박물관도 추천해요. 이곳 느낌과 연결되어 아주 좋아요. 강추!

PARIS DOODLE
생갱의 파리 낙서장
5 000 PHARMACIES FRANÇAISES MENACÉES P/05
ROISSYBUS
PARIS OPERA
AEROPORT CHARLES DE GAULLE
RATP
WISH LIST!
Bonjour
0,80€ DE RÉDUCTION
MONOPRIX INNO
0,30€ DE RÉDUCTION
Sunglass
SEOUL
안녕하세요!
PARIS
UNE AVENTURE DE SPIROU ET FANTASIO PAR FRANK LE GALL
PARIS DOODLE
PARIS DOODLE
PARIS DOODLE

꼼지락거리며 그리고 붙이고…… 누가 시켜서도 아니고, 다른 곳에 쓸 것도 아니다.
그냥 이런 시간이 좋아서 나는 매일 밤, 노트에 생경만의 파리를 담는다.
추억이 두 배로 커져 가는 시간.

PARIS DOODLE

노트에 붙인 티켓과 낙서가 많아질수록,
나도 점점 파리에 익숙해져 간다.
역시 파리에 오길 잘했어.

생갱's Paris tip

노트르담 대성당이 있는 시테섬에서 센강을 따라 걷다 보면, 자연을 사랑하는 파리지앵들이 북적이는 이곳을 발견할 수 있어요. 어린아이들이 흥미롭게 식물과 동물들을 기를 수 있도록, 재미나고 귀엽게 만들어 놓은 제품들도 참 많았답니다. 도시 중심에 이런 곳이 있다니, 너무 멋지지 않나요?

PET PLANT BIRD IN PARIS

파리 속의 정글, 알록달록 새시장

시테섬에서 센강을 따라 걷다 보면, 예상치 못했던 재미난 곳을 만나게 된다.
어디선가 들려오는 새소리와 물방울 소리, 이게 다 어디서 나는 소리일까?
소리를 찾아 걸어가다 보면 뜻밖의 세상이 펼쳐진다. 온갖 종류의 새들과 꽃, 나무, 각종 화분까지 마치 파리 속에 어마어마한 정글 하나가 자리 잡고 있는 것 같다.
게다가 알록달록 너무 예쁜 패키지 가득!
저 씨앗들을 한국에 가져가면 공항에서 뺏길까?
저런 사료를 먹어서 저리 예쁜 앵무새가 된 거였어?
저 가필드 포스터! 아무래도 동물들의 눈병을 고쳐 주는 약 광고인가 보다.
내 눈에는 왜 새랑 식물들보다도 이런 게 눈에 더 쏙쏙 들어오는지 모르겠다.

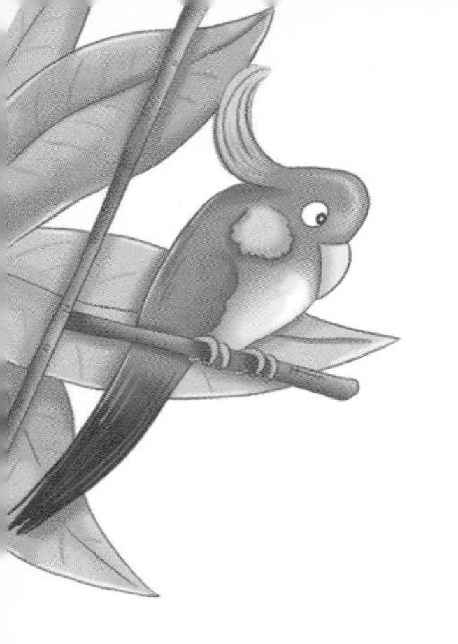

오래 이야기하기 좋아하는 파리지앵들을 닮은 건지, 이곳의 새와 강아지도 웅성웅성 요란하고 시끌벅적하다. 나 역시 그들 사이로 감탄사를 연발하며 파리의 정글 속을 탐험하듯 돌아다녔다.

"울랄라~ 오우~ 울랄라~ 세상에."

아이들을 위한 재미난 미니 화분부터 수백 종류의 씨앗들과 알록달록한 새들. 바쁘게 사느라 작은 화분 하나, 새 한두 마리 기르는 것조차 잊고 건조하게만 살았는데, 이곳을 한 바퀴 돌고 나니 단번에 마음이 마구 촉촉해지는 기분이다. 울랄라~.

그럼, 이제 밖으로 나가 볼까?

Chou de Milan
Courgette
Laitue
Ortaggi di Gulliver
LES LEGUMES DE GOLLIVE

저 멀리 멋쟁이 훈남이 어서 와서 한번 만져 보란다. 자기 팔뚝을 만져 보라는 건지, 아님 바구니 속 강아지를 만져 보라는 건지…….

어쨌든 금강산도 식후경!

우걱우걱 바게트 샌드위치를 먹으며 멀뚱히 바라만 보는 생갱.

오늘은 왠지 자연 속의 알록달록 앵무새가 되어, 파리의 정글 속을 마음껏 날아다닌 기분이다.

누가 파리를 어둡고 칙칙하고 우중충하다고 했던가? 난 반대일세!

파리에서 생긴 어느 특별한 일

내 마음은 뻐꾸기시계

파리에서 지내다 보면, 영화 〈비포 선라이즈〉의 제시와 셀린느처럼 로맨틱하지는 않지만, 종종 낯선 파리지앵들과 만나게 된다.
몽소 공원에 가서 여유 부리며 놀려고 마음먹은 날엔 불쌍한 표정으로 말을 건네던 어느 이혼남 아저씨의 네버엔딩 이야기를 들어주다 반나절을 보냈는가 하면, 오페라Opéra역 부근에서는 알 수 없는 불어를 중얼거리며 줄기차게 따라다니던 이상한 세일즈맨도 만났더랬다. '훠어이! 냉큼 저리 가쇼~ 나, 정말 불어 모른단 말야.'
물론 모든 만남들이 다 이상했던 것은 아니다. 퐁피두센터 광장에서 영화 관련 책을 보던 중 우연히 만났던, 한국영화 마니아 훈남 청년은 어찌나 멋지던지! 크크. 어쩜 그리도 한국영화에 대해 잘 알던지, 내 짧은 영어 실력보다도 한국영화 지식이 먼저 바닥날 정도였다.

다들 외로워서 누군가와 소통하고 싶었던 걸까? 어쩌면 그들의 이야기를 아무도 들어 주지 않았는지도 몰라.
낯선 사람들을 만날 때면, 내 마음은 뻐꾸기시계가 되어 버린다. 다정하게 말을 걸어오면 호기심에 마음을 살짝 열었다가도, 낯선 이에 대한 경계심으로 후다닥 닫았다가, 또 왠지 모를 측은한 마음에 다시 열기를 무한반복. 그런 소소한 만남들 덕분에 혼자만의 여행이 그리 심심하지만은 않았다.
만약 외롭지 않았냐고 누군가 물어온다면, 그 외로움 건너편의 자유로움이 더 크게 느껴졌다고 다소 근사하게 포장하여 대답해 주고 싶다. 새로운 곳에 와서 훨훨 날아다니는 나비의 마음이랄까? 그렇게 나는, 파리에서 자유를 만끽 중이다.

어처구니없는 도둑 누명 사건

여행 중에 일어날 수 있는 일들에 대해 많이 생각해 봤지만, 찌질한 도둑으로 오해받는 건 내 예상 시나리오엔 절대 없었던 일이다. 절대로!

바야흐로, 때는 프랑스의 대형마트 격인 모노프리Monoprix에서 시간가는 줄도 모르고 구경하던 어느 오후였다. 평소 마트 구경이라면 사족을 못 쓰는 나인지라, 떨어지지 않는 발걸음을 간신히 떼어 아쉬운 마음을 뒤로하고 나오는데, 두 명의 흑인 경호원이 나를 가로막고는 불어로 막 화를 내는 것이었다.

"무슨 일이야? 내가 뭘 어쨌다고? 놔~ 놓으라고!"

화장품 코너 여직원이 통역해 주길, 내가 립글로스를 훔쳤다는 것이다. 지갑의 돈도 보여 주고 빈 가방도 보여 주면서 억울함을 호소했지만, 두 경호원들의 표정은 너무나도 단호했다.
다행히 여직원이 중간에 나서서 자신이 보기에도 아닌 것 같으니, 나만 아니면 그냥 가도 좋다는 말에 일단 그곳을 후다닥 뛰쳐나왔다.
'내 차림새가 그렇게 꼬질꼬질했나? 그 정도는 아니라고! 너희가 더 꼬질해! 난 화장품 코너엔 간 적도 없단 말이야! 내가 동양인이라고 이러는 거니? 혹시 정말 그게 이유야?'
따지고 싶은 것들은 산더미였지만, 다시 들어가서 따지기엔 내가 너무 소인인가 보다. 한없이 억울했지만 드러누울 자신도, 있는 돈을 얼굴에 날려 줄 용기도 없었던 나는 간이 콩알만해져서 어서 이 동네를 뜨고 싶은 마음뿐이었다. 아니, 무슨 헤르메스 명품 주얼리도 아니고 찌질하게 립글로스라니.
"다시 한 번 말하지만, 나 안 훔쳤다고!!"

파리 하늘에 물벼락

그날은 지예언니와 만나 프랑스 최대 동양미술관인 기메박물관Musée Guimet에 들렀다가, 예쁜 인테리어용품들을 파는 아비타habitat에 가서 구경하기로 한 '알짜배기 날' 이었다.
이따금씩 언니를 만날 때면, 파리에 사는 사람으로서의 생생한 파리 이야기도 들을 수 있고, 파리 오기 전부터 아껴 두었던 몇 년 묵은 수다도 맘껏 떨 수 있어서 좋았다.
지예언니와 배꼽 잡고 깔깔대며 걷고 있을 때, 갑자기 머리부터 발끝까지 홀라당 물벼락을 맞았다. 이게 웬 마른 하늘에, 아니 파리 하늘에 물벼락이란 말인가?
울그락불그락 분노게이지는 상승하고 홀딱 젖어 눈도 못 뜨고 움직이지도 못하고 있는데, 어디선가 키득거리는 기분 나쁜 소리가 들려온다.
이때, 씩씩하고 정의로운 지예언니! 사방을 뒤져 범인들을 몽땅 찾아내 모두에게 사과를 받아냈다. 그 순간, 언니 뒤로 후광이 비쳐 보인다. 언니의 후광에 내 구겨진 마음과 젖은 옷이 다 말라 간다.
"언니~ 완전 멋져요!"

EPISODE
In PARIS

Open Up!
Open Up!
EVERYDAY
NEW PARIS
Le Bon
Marché
Ugly
home
sephora
Plastique
habitat
Galleries
Lafayette
Maison
KONG
PALAIS
DE
TOKYO
Pulones
Printemps

매일매일 새로운 파리를 열다

누구나 다 아는 브랜드로 가득 찬 면세점은 이제 그만!
현지의 따끈따끈한 트렌드를 느낄 수 있는 곳을 찾아 돌아다녀 보자!
새로운 곳을 발견할 때마다 또 다른 파리를 만나게 된다.
오늘은 또 어떤 곳에서 무엇을 만날까?

파리의 최신 매장에 가면, 파리뿐만 아니라 유럽 전역의 트렌드를 접할 수 있어 좋답니다. 가이드북에서 추천하는 유명한 가게도 좋지만, 길을 거닐다가 마음에 드는 곳이 있으면 용기 내어 그냥 들어가 보는 거예요. 파리 곳곳에 멋진 가게들이 즐비해 있으니, 가는 곳마다 신나는 쇼핑이 될 거예요. 단, 지름신은 조심하세요!

콩

콩~콩~콩~ , '콩Kong' 은 내가 매일 노래를 부르다시피하며 꼭 와 보고 싶어했던 곳! 이곳은 존경해 마지않는 프랑스 디자이너 필립 스탁이 디자인한 곳이자, 〈섹스 앤 더 시티 6〉에서 알렉산더를 따라 파리에 온 캐리가 알렉산더의 전 부인을 만나는 장소로도 유명하다. 와! 나도 드디어 왔다~!
2층 레스토랑 안으로 들어서면 웬 야시시한 게이샤가 벌러덩 누워 있는 천장이 압도적이다. 또 일본 게이샤와 백인 여성, 그리고 핑크색 머리를 한 여자가 프린트되어 있는 의자들이 이곳의 묘한 분위기를 만들어 내고 있다.
화장실 벽면에 붙어 있는 저 어린 스모선수, 그동안 얼마나 컸을까? 그나저나 여기에 한번 와 보기는 했을까?

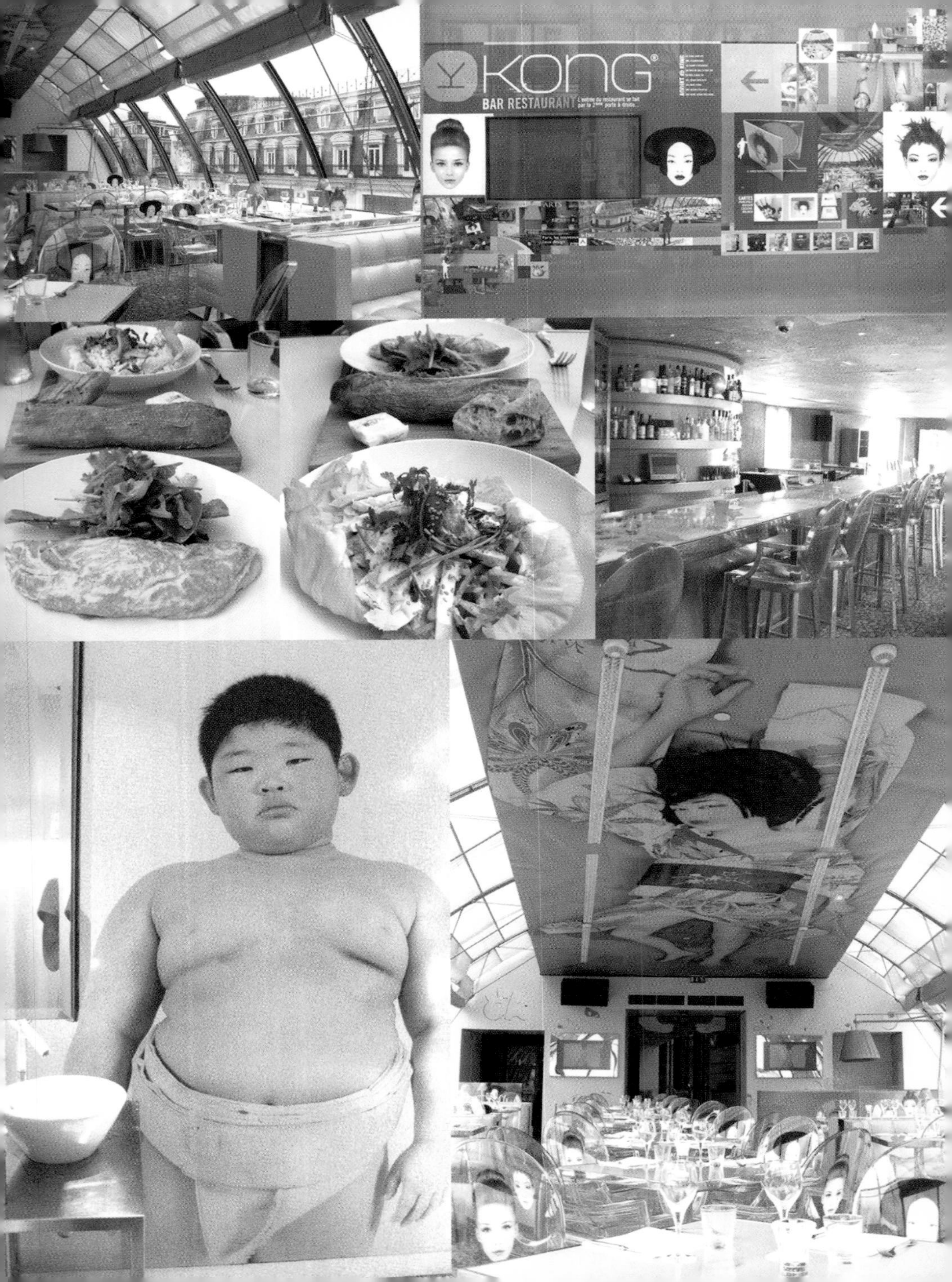
KONG®
BAR RESTAURANT

'한 게이샤가 유럽 여인의 호화로운 펜트하우스에서 핑크색 머리의 도쿄 멋쟁이를 만나 세 사람은 결국 하나가 된다' 라는 말도 안 되는 발칙한 상상에서부터 시작되어 만들어졌다는 콩!
도대체 그게 무슨 소리인가 싶지만, 곳곳을 살펴보면 필립 스탁의 몽환적인 상상들이 모락모락 피어나 마치 어느 판타지 캡슐에서 근사한 식사를 하는 기분이다.
'아! 왜 같은 오믈렛을 먹어도 이런 곳에서는 더 맛있고 즐거울까?'
지예언니와 퐁네프 다리를 바라보며 콩 속에 빠져들었다.
이를 우째! 나 여기 완전 좋아!
언젠가 파리에 다시 온다면 꼭 이곳에 다시 와 볼 생각이다.
그때는 노란 불빛이 반짝이는 파리 야경을 바라보며 찐한 칵테일 한잔 해야지.

퐁네프 다리 근처에 위치한 '콩'은 한자로 공간을 뜻하는 공空을 KONG으로 발음해서 붙였다고 해요. 유럽인들의 아시아에 대한 관심은 정말 남다른 것 같아요. 책이나 각종 전시, 혹은 지나가는 아이들의 캐릭터 가방에서도 많이 느낄 수 있답니다. 특히 일본에 대한 파리지앵들의 사랑은 참으로 대단해요. 근데, 그 사랑이 자꾸만 질투가 나는 것은 왜일까요? www.kong.fr

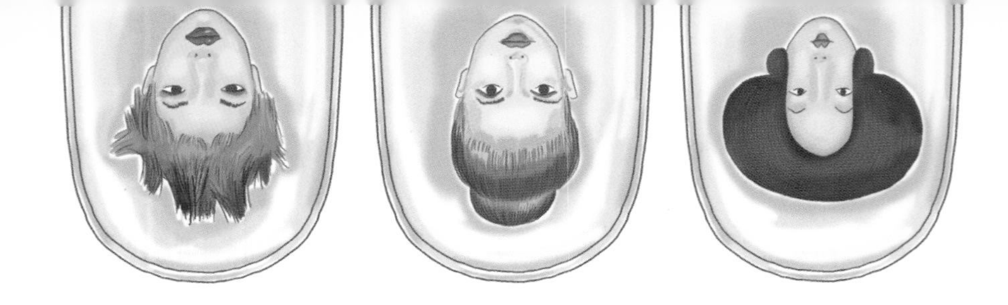

Perrier
KONG
KONG
BAR RESTAURANT

팔레 드 도쿄

1937년에 열린 국제박람회의 일본관으로 지어졌다는 이곳은, 현재 신진 작가들의 전시 공간으로 사용된다고 한다.
'팔레 드 도쿄Palais de Tokyo', 어쩐지 이름에서 일본 냄새가 난다 했더니만…….
평범한 건물 외관이나 '도쿄미술관' 이라는 뜻의 고전적인 이름에서 오는 느낌과는 달리, 내부는 굉장히 현대적이고 독특해 입구에서부터 마구 호기심이 발동한다.
전시장뿐만 아니라 블랙 블릭Black Blick이라는 다양한 디자인용품을 파는 곳도 있고, 유명 레스토랑인 도쿄 잇Tokyo Eat까지 있는, 말 그대로 복합문화공간이라고나 할까?
평범한 의자에 재미난 낙서를 입혀 멋진 예술로 만들어 내기도 하고, 전시 티켓도 자동차 부스에서 팔고 있고…… 특이한 구경거리에 재미가 쏠쏠하다.
그리고 세계 각국에서 날아온 다양한 종류의 팝 아트, 디자인 서적, 잡지 등으로 가득한 서점은 하루 종일 머물고 싶을 정도로 마음에 들었다.
파리는 숨겨 놓은 마법의 카드를 꺼내 놓듯이, 내게 신선한 충격을 한 장씩 날리고 있다.
"파리야, 고마워! 계속 팍팍 날려줘~"

팔레 드 도쿄는 메트로 알마 마르소Alma Marceau역에서 내려, 걸어 올라가다 보면 찾으실 수 있어요. 이곳에 들르시면, 근사한 전등이 설치된 도쿄 잇에서 식사하시는 건 어떨까요? 제가 갔을 때는 오픈준비시간이라 이용하지 못해서 너무 아쉬웠어요. www.palaisdetokyo.com

LIVERPOOL38-JUVE
ALAIS DE TOKYO /
TICKETS
6€
M
FÉV-MAI
07
NOUVELLES DU MONDE RENVERS
sushi
INSIDE
prend ses
quartiers
d'été sur
la
terrasse…

갤러리 라파예트 메종

파리지앵들은 패션만큼이나 인테리어에도 관심이 참 많은 것 같다.
갤러리 라파예트 메종Galeries Lafayette maison은 층별로 인테리어용품들이 분류되어 있을 뿐 아니라, 수많은 브랜드들이 입점해 있어서 가장 트렌디한 쇼핑을 할 수 있다. 아마 냄비 하나 사러 왔다가, 수저며 이불이며 안 사고는 못 버틸 곳일 것이다. 이것도 사고 싶고, 저것도 사고 싶고…….
파리지앵들에게도, 또 내게도 이곳은 분명 쇼핑 천국임에 틀림없구려!
나는 이곳을 지름신이 유독 자주 출몰하는 위험구역으로 임명하고, 간신히 나왔다.
"휴~ 다 사고 싶어서 죽는 줄 알았네!"

생갱's Paris tip

최대 번화가 중 하나인 오스만 대로에 오픈한 갤러리 라파예트 메종은 갤러리 라파예트의 별관이라고 할 수 있어요. 시식 코너나 쿠키 만들기 체험 같은 다양한 이벤트도 진행 중이라 다채로운 볼거리가 참 많아요. 전 내부 사진 촬영이 금지인 줄도 모르고 신나게 찍어 대다가 혼났답니다. 아이고~ 창피해. 메트로 쇼세 당탱 라파예트Chaussée d' Antin La Fayette역에 내리시거나, 오페라 부근을 구경하고 나서 위쪽으로 걸어가시면 금방 찾을 수 있어요.

Lafayette
ViO
99€
Jungle
Cico
Cico
Cico

어글리 홈

못난 집? 흉한 집? 추한 집?
루브르박물관 근처를 돌다 보니 '어글리 홈Ugly home'이라는 재미난 간판이 눈에 띈다. 위트 있는 이름만큼이나 매장 안도 분명 특이하고 재미있을 듯하다. 당연히 들어가 봐야겠지?
이곳에 대해 말하자면, 디자이너가 제품 하나하나에 아이디어와 철학을 다양하게 반영해 사람들에게 신선함을 선사하는 곳이라고나 할까? 털실로 구멍 뽕뽕 바구니에 수를 놓을 줄 누가 생각이나 했을꼬? 패턴이나 형태는 파격적이게 디자인하되 컬러만큼은 최대한 절제해 가볍지 않고 고급스러움까지 추구한, 어느 머리 좋은 디자이너들의 발상들이 모인 곳. 어글리 홈, You are not ugly!

생갱's Paris tip

어글리 홈은 메트로 루브르 리볼리Louvre-Rivoli 역 부근에 있어요. 생각보다 규모는 작지만 내용만은 알차답니다. 흔한 에펠탑 열쇠고리 선물보다는, 이곳에서 예쁜 비누 하나 사서 주변에 선물하면 어떨까요? 정말 특별한 파리가 전해질 거예요.

Savon 2 chien
UGLY

르 봉 마르셰

에펠탑을 만든 구스타브 에펠이 디자인한 세계 최초의 백화점인 르 봉 마르쉐Le Bon Marché. 관광객보다는 인근 파리지앵들이 여유 있게 쇼핑하는 분위기라 더욱 파리스러웠던 곳!

고급스런 다른 제품들도 많았지만, 무엇보다도 이곳이 좋았던 가장 큰 이유는 바로 식품관에 진열된 멋진 병들과 다양한 커피들 때문이다. 병콜렉터이자 커피홀릭인 생갱에겐 군침 흐르기 딱 좋은 곳이지. 으하하하~ 주류반입 제한만 아니었어도 사 오고 싶던 병들이 너무 많았는데 정말 아쉽다.

멋진 병들 속에 향내 좋은 커피 속에 파묻혀, 이곳에서 몇 시간을 보내고 또 보냈더랬다.

'좋은 시장' 이란 뜻을 가진 르 봉 마르쉐는 라파예트나 쁘렝땅보다 덜 알려졌지만, 북아프리카와 남아메리카에 분점도 있답니다. 메트로 세브르 바빌론Sévres Babylone역에 내리시면 쉽게 찾을 수 있어요. www.treeslbm.com

k'atū
sunrise in your mind
ВОДКА
МАТРЁШКА
МЕДОВАЯ
LOBODIS
BANANIA
LAVAZZA
ITALY'S FAVOURITE COFFEE
ESPRESSO ITALIANO
LE BON MARCHÉ
RIVE GAUCHE

plastiques
plastiques
plastiques
Nappes plastifiées à vos mesures
PYLONES
PYLONES
habitat
CADAKÈS
Tirelire Chat

플라스띠끄 · 필론 · 아비타

파리와 플라스틱 제품은 왠지 연결이 안 되지만, 고풍스런 느낌의 도시 파리에도 실용적이면서 위트 있는 재미난 생활용품점이 가득하다.
문어 모양 포크스푼, 빵 썰기 좋은 쥐 모양 나이프와 치즈 도마. 이 녀석들은 나중에 한국 가면 유용하게 쓰이겠군. 그리고 천연 소재로 만든 스마일 곰 인형은, 요즘 많이 지쳐 있는 친구에게 포근히 안겨 줘야지. 알록달록 4단 도시락은 지예언니와 가기로 한 베르사유 소풍을 위해 구입해야겠다.
나날이 내 파리 쇼핑 카트는 풍성해지는 것 같아. 유후~.

플라스띠끄Plastiques

알록달록 원색의 플라스틱 제품들이 가득한 곳이에요. 문어 모양 포크스푼처럼 제품마다 재미난 아이디어를 담았기에, 계속해서 웃지 않을 수가 없었답니다. 제가 머물던 몽파르나스 부근에도 지점이 있어서 정말 자주 갔었어요.

필론Pylones

1985년 프랑스에서 설립된 필론은 디자인 소품 브랜드로, 전 세계 주요 대도시에 30여 개의 매장이 운영되고 있대요. 얼마 전 서울 명동 매장을 시작으로 한국에서도 만날 수 있어요. 강렬한 컬러나 패턴이 낯설게 느껴질 수도 있지만, 그 안의 톡톡 튀는 아이디어는 너무너무 앙증맞아요. www.pylones.kr

아비타Habitat

침대 등 큰 가구에서부터 포크, 나이프 등 작은 식기용품에 이르기까지, 생활과 관련된 것들을 판매하는 이곳은 파리 곳곳에서 찾아볼 수 있어요. 모던하고 심플한 제품을 원하신다면 강추입니다. www.habitat.net

파리를 위해 생갱이 고른 지극히 개인적인 노래와 영화

우연히 만난 샹젤리제 거리에서 폴짝폴짝 뛰게 하는 노래 〈Les Champs Elysees〉
생 제르맹 데 프레의 분홍 꽃길을 걸으며 들었던 장윤주의 노래 〈Fly away〉
몽마르트르의 레 되 뮬랭 카페를 그토록 가보고 싶게 만든 영화 〈Amelie〉
셰익스피어 앤드 컴퍼니에 가면 제시와 셀린느를 만날 것만 같던 영화 〈Before sunset〉

내맘대로 Choice!
그냥 왠지 파리랑 잘 어울려~

파리에 부친 편지 - 장윤주
Fly away - 장윤주
Love - 요조
비밀의 화원 - 이상은
Waltz For a Night - Julie Delpy
Where do you go to my lovely - Peter Sarstedt
Les Champs Elysees - Daniele Vidal
Someday - Sugar Ray
Lucky -Jason Mraz

내맘대로 Choice!
파리로 오게 만든 영화들이여~

아멜리에 (Le Fabuleux Destin D'Amelie Poulain, 2001)
비포 선라이즈 (Before Sunrise, 1995)
비포 선셋 (Before Sunset, 2004)
마리 앙투아네트 (Marie-Antoinette, 2006)
러브 미 이프 유 데어 (Jeux D'Enfants, 2003)
유 콜 잇 러브 (L'Etudiante, 1988)
까미유 끌로델 (Camille Claudel, 1988)
라따뚜이 (Ratatouille, 2007)

여기요!
파리에 어울리는 음악 한 곡 추가요~
헤드폰을 따라 흘러나오는 노래에 취해
파리의 알 수 없는 분위기에 취해
나는 오늘도 멋진 파리를 여행 중이다.
나중에 서울에서 이 노래들을 듣게 되면,
예전에 본 영화의 한 장면처럼
오늘의 파리가 아련히 떠오르겠지?
자, Music Start!

Waltz For a Night Julie Delpy

Let me sing you a waltz
Out of nowhere, out of my thoughts
Let me sing you a waltz
About this one night stand

You were for me that night
Everything I always dreamt of in life
But now you're gone
You are far gone
All the way to your island of rain

It was for you just a one night thing
But you were much more to me
Just so you know

I hear rumors about you
About all the bad things you do
But when we were together alone
You didn't seem like a player at all

I don't care what they say
I know what you meant for me that day
I just wanted another try
I just wanted another night
Even if it doesn't seem quite right
You meant for me much more
Than anyone I've met before

One single night with you little Jesse
Is worth a thousand with anybody

I have no bitterness, my sweet
I'll never forget this one night thing
Even tomorrow, another arms
My heart will stay yours until I die

Let me sing you a waltz
Out of nowhere, out of my blues
Let me sing you a waltz
About this lovely one night stand

파리에 부친 편지 장윤주

몽마르뜨 언덕과 에펠탑도 오르고
우리가 좋아한 마레와 오데옹 기억나?
잊지 못할 너와의 파리야

홀로 찾은 파리는 여전히 아름다워
지나가는 풍경 그 위로 넌 다시 살아나네
영원히 난 사랑해 파리야

참 많이 울었던 가슴이 아팠던
그래서 더 애틋한 파리야
내 아픔의 눈물 모두 저 하늘 구름에 흘려 보내리
안녕 내사랑 파리야

SWEET LYRICS!

Fly away 장윤주

기분 좋은 설레임 운동화 끈을 매고서
떠나는 내 뒷모습 초라해 보이지만
바람을 따라 내 맘도 따라
소나기가 내리는 나의 오후

향기로운 와인과 달콤한 케이크 한 조각
지친 하루 외로운 내 맘을 위로하네
바람을 따라 내 맘도 따라
소나기가 내리는 나의 오후

누구도 내게 상관 안 하고
내가 누굴 기다리지도 않고
가끔은 외로운 이 순간
난 지금 즐기고 있어
뭐든지 내가 하면 되고
어디든 갈 수 있잖아
누구도 내게 상관 안 하고
내가 누굴 기다리지도 않고
가끔은 외로운 이 순간
난 지금 즐기고 있어
뭐든지 내가 하면 되고
어디든 갈 수 있잖아

Where do you do to my lovely
Peter Sarstedt

You talk like Marlene Dietrich
And you dance like Zizi Jeanmaire
Your clothes are all made by Balmain
And there's diamonds and pearls in your hair

You live in a fancy appartement
Of the Boulevard of St. Michel
Where you keep your Rolling Stones records
And a friend of Sacha Distel

But where do you go to my lovely
When you're alone in your bed
Tell me the thoughts that surround you
I want to look inside your head

I've seen all your qualifications
You got from the Sorbonne
And the painting you stole from Picasso
Your loveliness goes on and on, yes it does

When you go on your summer vacation
You go to Juan-les-Pines
With your carefully designed topless swimsuit
You get an even suntan, on your back and on your legs

When the snow falls you're found in St. Moritz
With the others of the jet-set
And you sip your Napoleon Brandy
But you never get your lips wet

But where do you go to my lovely
When you're alone in your bed
Tell me the thoughts that surround you
I want to look inside your head, yes I do

Your name is heard in high places
You know the Aga Khan
He sent you a racehorse for chistmas
And you keep it just for fun, for a laugh haha

They say that when you get married
It'll be to a millionaire
But they don't realize where you came from
And I wonder if they really care, they give a damn

But where do you go to my lovely
When you're alone in your bed
Tell me the thoughts that surround you
I want to look inside your head

I remember the back streets of Naples
Two children begging in rags
Both touched with a burning ambition
To shake off their lowly brown tags, yes they try

So look into my face Marie-Claire
And remember just who you are
Then go and forget me forever
'Cause I know you still bear
the scar, deep inside, yes you do

I know where you go to my lovely
When you're alone in your bed
I know the thoughts that surround you
'Cause I can look inside your head

Paris

HAPPY HOUR

★
BONJOUR!
04/07-05/08
SAENGGAENG
IN PARIS
★

조용한 파리의 어느 늦은 밤.
창문을 열어 두니 선선한 저녁 바람이
별빛과 어울려, 내가 정말 파리에 있음을 느끼게 해 준다.
너무나도 행복한 지금 이 시간.

가능할지 늘 머릿속으로만 재고 또 쟀던 파리행.
유학이 아니면 어때, 이민이 아니면 어때.
무리한 일정의 관광이 아닌
파리에서의 단기 생활이 해보고 싶었는데
딱 원하던 그런 시간, 아니 그 이상을 보내고 있는 것같아
내 마음은 한없는 행복으로 차오른다.

촉박하게 마감시간 맞춰 일을 마무리 짓지 않아도 되고
핸드폰이 내 손에 없어도 불안하지 않고,
수시로 드나들던 인터넷 세상이 내 눈앞에 없어도
그다지 세상과 단절됐다는 생각조차 들지 않는다.
이게 파리 속도일까?

때론 분명 외로웠고,
때론 분명 막막했고,
때론 분명 두려웠지만
그게 파리든 서울이든
또 그게 인생이든 아니든
나는 그 안에서
제법 숙성해 가는 것 같다.
지금 이 이름 모를
프랑스 와인처럼.

MY
DRAWING
BOOK
wow
30 DAYS
Saenggaeng
생갱 PARIS SKECH

3rd week

파리지앵의 특권, 루브르에서 보물찾기

웰컴 투 오르세

센강변을 거닐면서 늘 찜해 두고, 아껴 두었던 오르세미술관!
연말이면 하나둘씩 생기던 벽걸이 달력에 꼭 등장하는 옛 명화들을 이곳에서 만난다고 생각하니 너무 기대된다.
고갱인지 고흐인지, 마네인지 모네인지 늘 헷갈리던 위대한 거장들.
'누가 귀를 잘랐더라? 왼쪽 귀였던가? 아님 오른쪽? 긁적긁적…….'
오늘은 옛 기억을 떠올리며 오르세 기차 여행을 떠난다.

센강변에 바로 위치해 있고 메트로 뮈제 드 오르세Musée d' Orsay역도 따로 있어서 찾기 쉬울 거예요. 오르세미술관은 옛날 기차역을 개조해서 만든 거래요. 런던의 테이트 모던이 발전소를 개조해서 만들어진 것처럼 말이죠. 아마 미술 교과서에서 봤던 작품들을 가장 많이 만날 수 있는 곳이 아닐까 싶어요.

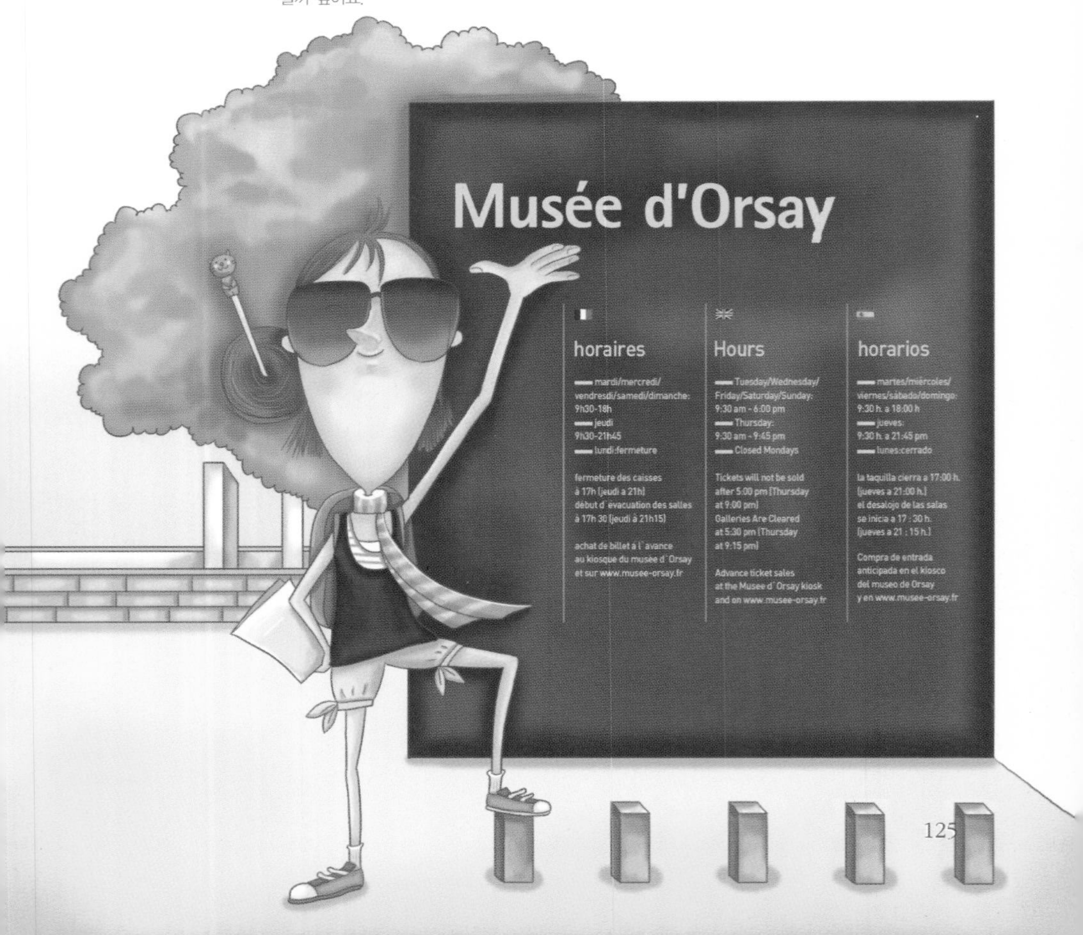

Musée d'Orsay
horaires
mardi/mercredi/
vendresdi/samedi/dimanche:
9h30-18h
jeudi
9h30-21h45
lundi:fermeture
fermeture des caisses
à 17h (jeudi a 21h)
debut d' evacuation des salles
à 17h 30 (jeudi à 21h15)
achat de billet a l'avance
au kiosque du musée d'Orsay
et sur www.musee-orsay.fr
Hours
Tuesday/Wednesday/
Friday/Saturday/Sunday:
9:30 am - 6:00 pm
Thursday:
9:30 am - 9:45 pm
Closed Mondays
Tickets will not be sold
after 5:00 pm (Thursday
at 9:00 pm)
Galleries Are Cleared
at 5:30 pm (Thursday
at 9:15 pm)
Advance ticket sales
at the Musee d' Orsay kiosk
and on www.musee-orsay.fr
horarios
martes/miércoles/
viernes/sábado/domingo:
9:30 h. a 18:00 h
jueves:
9:30 h. a 21:45 pm
lunes:cerrado
la taquilla cierra a 17:00 h.
(jueves a 21:00 h.)
el desalojo de las salas
se inicia a 17 : 30 h.
(jueves a 21 : 15 h.)
Compra de entrada
anticipada en el kiosco
del museo de Orsay
y en www.musee-orsay.fr

옛날 기차역을 개조해 만들었다더니, 역시 입구에 들어서자마자 입이 쫙 벌어진다. 탁 트인 중앙을 따라 좌우 위아래로 전시실이 연결되어 있는데, 아무래도 약도를 보고 동선을 짠 후 움직여야 할 듯하다.

'어디 보자~ 어디에 뭐가 있더라.'

볼 것이 많다는 건 참으로 감사한 일이나, 상대적으로 시간이 없다는 건 너무 슬픈 일인 것 같다. 흑흑.

마네, 모네, 드가, 르누아르, 클림트, 고갱, 고흐, 루소, 마티스, 세잔느…… (숨 한 번 쉬고) 자포니즘, 나비파, 아르누보, 자연주의, 심볼리즘…… (또 숨 한 번 쉬고) 휴우~ 파리에 1년을 살아도 다 보긴 힘들 것 같다. 아무래도 편식해서 봐야겠어.

이렇게 허가받은 사람들은 유명 작품을 전시관 내에서 모사할 수 있어요. 전시장 중간에 있는 철골 구조는 각각의 전시실을 분리시켜 집중도를 높여 주기도 하죠. 휠체어를 탄 장애인들도 쉽게 볼 수 있는데, 장애인들도 아무런 불편 없이 관람하도록 관련 시설을 잘 만들어 놓아 역시 인권 존중의 나라임을 새삼 느꼈답니다. 구스타브 카유보트의 〈마루를 깎는 사람들The Floor Scrapers〉, 가까이서 보면 엄청 생생한 이 그림은 주제가 천박하다는 이유로 살롱전에서 거절당했대요. 에혀~. 고흐의 〈정오의 휴식Noon: Rest from work(after Millet)〉은 1890년 고흐가 밀레의 그림을 모방한 다섯 점 중 하나이자, 제가 참 좋아하는 작품이에요. 이 잉꼬부부로부터 정말 정오의 휴식이 느껴지지 않나요? 고흐는 정말 천재랍니다.

〈발코니The Balcony〉 1869년

머리에 꽃 장식을 하고 양산을 든 여인이 마네의 부인이고, 그 옆이 부인의 음악 친구이며 인상파 화가인 베르트 모리조, 남자는 화가인 기르메, 어둠 속에 있는 소년은 아들로 전해지는 레옹 코에라라고 하는데, 배경이 워낙 어두워 전 소년은 안 보이더라고요. 다들 딴짓하는 모습이라 재밌게 다가왔어요. 과연 마네는 무엇을 표현하고 싶었을까요?

수많은 명화 속 세상에 풍덩 빠져 해롱거리던 중 드디어 마네를 찾았다! 마네의 작품들에는 내가 모르는 재미난 뒷이야기와 특별한 메시지가 있을 것 같은데 과연 뭘까? 요즘 미인은 S라인 어쩌고 하지만, 명화 속의 여성들은 대부분 통통하고 키도 작고 절대 동안도 아니다. 물론 포토샵과 같은 컴퓨터 기교도 없다. 하지만 21세기 여자인 내 눈으로 봐도 그녀들은 정말 아름답다.

〈풀밭 위의 점심Luncheon on the Grass〉 1863년

예전에 처음 봤을 때, 여자만 홀라당 벗고 있어서 놀랐던 그림. 보수적이었던 당시 사람들은 더 놀랐겠죠? 사실 등장인물들의 포즈와 구성은 마네의 창작이 아니라, 16세기 이탈리아 화가인 마르칸토니오 라이몬디가 제작한 동판화 작품 〈팔리스의 심판〉에서 따온 거래요. 주변을 다 어둡게 하고 인물을 환하게 부각시킨 건 아주 멋진 아이디어!

〈올랭피아Olympia〉 1863년

마네가 또 한 번 당시 미술계를 뒤흔들어 놓은 작품. 꽃, 흑인 하녀, 그리고 고양이에 이르기까지 그림 전체가 천박하다며, 비난이 끊이질 않았다고 하네요. 뭐가 문제야? 멋지기만 하구만!

역시나 많은 사람들이 모여 있는 고흐의 작품들. 꿈틀거리는 붓 터치와 어느 누구도 흉내 낼 수 없는 천재적인 컬러 감각. 과연 어떤 감탄사로 이 느낌을 표현할 수 있을까?
열정은 재능을 능가해서 기적을 만들 수도 있다 하지 않았던가? 실제로 그의 그림은 하나의 기적처럼 느껴진다.
특히, 사람들의 카메라 세례를 무진장 받고 있는 고흐의 자화상. 밝은 색채와는 달리 자화상 속의 고흐는 한없이 측은하고 슬퍼 보인다. 살아생전에 이런 관심의 반의반만 받았어도 좋았을 것을…….
힘겨웠던 인생이었음에도 수호천사 같은 동생 테오가 있었기에 그토록 원하던 그림 작업만큼은 할 수 있었다고 하니, 행운아라고 위로하고 싶다.
오늘, 오르세에서 고흐를 만나 내 마음을 전하고 오다.

↗ 시계 방향으로 〈가셰 박사의 초상화Portrait of Doctor Gachet〉, 〈두 어린아이Two Children〉, 〈유진 보쉬의 초상화Portrait of Eugene Boch〉. 고흐 작품들을 자세히 둘러보니 그림마다 꽃이 꼭 등장하더라고요. 사람들과 꽃 그리고 고흐, 참 아름답지 않나요?

NOUVEAU
RÉALISME
ARMAN, DUFRÊNE, CHRISTO
CÉSAR, DESCHAMPS, HAINS
KLEIN, RAYSSE, ROTELLA, NI
DE SAINT-PHALLE, SPOERR
TINGUELY, VILLEGLE
Grand Palais
Nouveau Réalisme

그랑팔레에서 얻은 행운

장기 여행의 묘미 중 하나는, 가이드북에는 없는 따끈따끈한 전시나 장소를 현지에서 우연히 발견할 수 있다는 점이다. 퐁피두센터의 《BD REPORTERS》도 그랬지만, 이곳 그랑팔레 내셔널갤러리의 《신사실주의Nouveau Réalisme》도 정말 예상치 못한 큰 수확이다. 역시 욕심 안 부리고 파리 한 곳에만 계속 머무르길 잘한 것 같다.
잉발리드 쪽에서 알렉산드르 3세 다리를 건너다 보면, 왼편에 아주 큰 건물이 보인다. 파리는 대부분의 건물들이 웅장하고 예스러운 외관을 그대로 보존 중이라, 나 같은 이방인은 겉만 보고는 어떤 성격의 건물인지 분간하기가 어렵다. 하지만 저 멀리서 자꾸 한번 와 보라고 부르는 빨간 포스터 속 흑인 아주머니…… 뭔가 특별한 전시 중인 게 틀림없는 게야. 킁킁킁 재미난 냄새 포착!
샹젤리제 거리 중간쯤에 있는 그랑팔레는, 프랑스국립박물관협회에서 엄선한 전시회만을 개최한다고 한다. 입구가 공사 중이라 매우 어수선하여, 어렵게 매표소를 찾아 사람들 뒤로 줄을 섰다. 판매원이 학생이냐고 묻는 동시에 학생 표를 주니, 얼떨결에 할인된 학생 가격으로 입장.
'거참, 이러면 안 되는데 안…… 되는데 되는데…… 앗싸!'

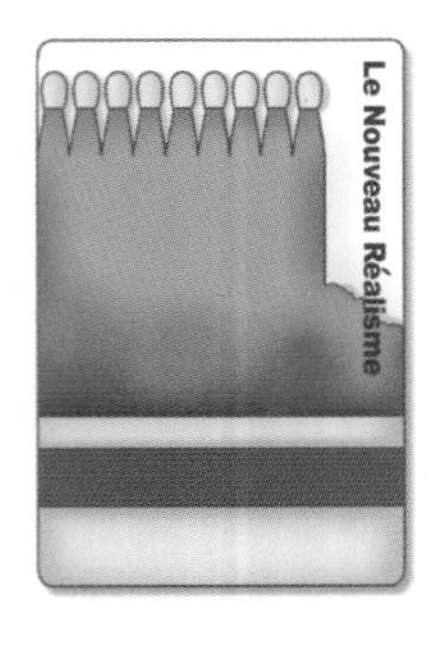

빨간 포스터에 등장하는 저 여인의 느낌, 왠지 낯익지 않나요? 퐁피두센터 옆 광장에서 봤던 스트라빈스키 분수의 작가인 니키 드 생팔Niki de Saint Phalle의 작품이에요. 그녀는 여러 가지 실험적인 작업을 많이 시도한 신사실주의의 선두주자로 유명하대요. 나중에 그녀의 작품 〈나나NaNa〉 시리즈들을 찾아보니 정말 다채롭고, 유럽 전역에 많이 전시되어 있더군요. 전시 성격만큼이나 입장 티켓도 멋지죠? 여행 중 방문한 곳들의 티켓을 모아 보는 것도 재미가 쏠쏠하답니다.

누보 헤알리즘…… Nouveau Réalisme? 단어 그대로 해석해 보자면 신사실주의?
'신사실주의' 라는 이름 하에서는 먹다 남은 음식도, 찢어진 포스터 조각도, 찌그러진 깡통도, 오래된 변기도 모두 예술로서 재탄생된다.
'쓰레기에서 예술이라…….'
이런 독특한 발상의 작품들이 처음엔 어렵게 다가왔지만, 그래도 안에 명확한 무언가가 있을 것만 같은 생각이 든다. 정답이 없는 예술 안에서, 남들처럼 나도 정답을 찾고 싶어 하는 걸까? 예술에는 답이 없거늘…… 으이그, 또 이런다 또.
전시장의 한쪽은 방의 구조를 90도 회전시켜 놓은 콘셉트로, 관람객들이 직접 들어가 볼 수도 있도록 해 두었다. 발상과 관점의 전환을 유도하는 방이라고나 할까? 참으로 낯선 이 공간이 여러 생각을 하게끔 만든다. 뭔가 유연해지고 말랑말랑해지는 기분이 아주 묘하다.
전시장 내부 사진 촬영 금지라 아쉬웠지만, 그래도 오늘 전시 또한 아주 퍼펙트!!
나도 리어카 끌고 고물 주워 와서 예술 한번 해볼까? 그런 거라면 참 잘할 수 있는데 말이지. 히히히.

NOUVEAU

LOUVRE

여기는 루브르 보물창고!

하루 종일 봐도 다 못 본다는 파리의 보물창고!
세상에서 가장 큰 박물관인 루브르에 왔다.
나 오늘 정말 모나리자 만나는 거야? 가까이 가서 눈썹 있나 없나 꼭 봐야지. 크크.
그럼, 보물창고를 향해 피라미드 안으로 들어가 볼까?

레오나르도 다 빈치 〈모나리자Mona Lisa〉 1503~1505년경

〈모나리자〉의 모나는 이탈리아어로 유부녀에 대한 존칭이고, 원래 본명은 리사 게라르디니래요. 무슨 스파게티 이름 같죠? 크크. 제가 가장 궁금했던 건 눈썹의 유무! 정말 없더라고요. 당시에는 넓은 이마가 미인의 전형으로 여겨졌기 때문에, 여성들 사이에 눈썹을 뽑아 버리는 일이 유행했대요. 다빈치는 보통 그림을 그릴 때 그 모델들에 대해서 기록을 남기는 편인데, 이 작품에 관해서는 이렇다 할 기록이 없어서 아직도 의견이 분분하고, 늘 수수께끼로 남아 있죠. 심지어 다빈치 자신의 자화상이란 말까지 있어요. 철통 보안의 루브르박물관에서도 1911년에 모나리자가 도난당했던 일화도 있어요. 참 말도 많고 탈도 많은 모나리자랍니다.

계단을 따라 지하 로비로 내려오니, 꼭 나침반 중앙에 서 있는 느낌이다. 반가운 한국어 안내서를 하나 집어 들고, 오늘도 역시 동선 계획부터 짜야겠다. 한때 선풍적인 인기를 끌었던 소설 《다 빈치 코드》의 붐을 타고 이전보다 더 많은 이들이 모여드는 이곳! 드농관, 쉴리관, 리슐리관이 사방으로 똑같이 나뉘어져, 어느 쪽부터 관람해야 할지 고민된다. 일단은 모나리자가 있는 드농관 쪽으로 고고!

루브르박물관의 구조는 상당히 복잡하다. 착하게 안내서를 따라 고대 오리엔트 미술을 관람하고 있는데 뜬금없이 나폴레옹 방 앞에 서 있질 않나, 모나리자 눈썹 확인하고 분명 프랑스 회화 작품 보러 떠났는데, 나는 지금 웬 예쁜 도자기 앞에 있다. 이곳에선 인간 내비게이션 생갱도 별 수 없나 보다.

↑ 루브르 안내서는 여러 언어로 제작되었더라고요. 이집트 유물도 정말 많았고, 특히 네덜란드 화가 프란스 할스의 〈루트를 켜는 바보Buffoon playing a Lute〉 앞에서는 저도 같이 유쾌해지더군요. 앵그르의 〈발팽송의 목욕하는 여인The Bather of Valpincon〉과, 이를 관람하는 아주머니의 뒷모습은 마치 한 그림처럼 보이기도 하죠? 심지어 예쁜 도자기 공예품 구경까지…… 정말 구경할 거리가 끝없는 날이에요.

조각, 회화, 도예 등 예술 전반에 걸쳐 소장품들이 정말 어마어마한 루브르. 파리지앵들은 이런 루브르박물관을 평생 동안 두고두고 감상할 수 있으니 얼마나 좋을까? 정말 질투나게 부러워진다. 하지만 아무리 바쁘게 관람하다가도 마음에 드는 작품이 있으면, 그 앞에 앉아 잠시 동안 감상에 젖곤 했다. 사전 지식이 부족하더라도, 계속 봐도 잘 모르겠더라도, 만약 어떤 작품 앞에서 발길이 안 떨어진다면 제대로 루브르를 느끼고 있는 게 아닐까?

작가미상 〈가브리엘 데스트레와 그 여동생Gabrielle d' Estrees et sa soeur〉 1594~1596년

오른쪽의 반지 든 여자가 앙리 4세의 정부 가브리엘 데스트레(보포르 공작부인)이고, 왼쪽 여자가 가브리엘의 여동생, 그리고 저 뒤에 뜨개질하는 빨간 머리 여자가 가브리엘의 여시종장 마리 아르망이에요. 그 옆에 보이는 그림은, 남자의 하반신을 의미하는 동시에 가브리엘의 숨겨진 애인 벨가르드를 나타내는 거랍니다. 여동생이 가브리엘의 찌찌를 만지고 있는 건 임신을 의미하는 건데, 정작 이 시기엔 앙리가 수술을 받아서 아이를 갖기가 힘들었던 터라 결국 아이는 벨가르드의 아이라고 할 수 있죠. 처음엔 16세기 말에 이런 그림을 그렸다는 게 마냥 신기하고 상황이 워낙 재미있기도 해서 인상 깊었는데, 숨은 뜻들을 알게 되니까 왠지 오싹해지네요. 그죠?

시간과 공간을 넘나들며 하루 종일 뛰어 다녔더니, 정말 다리가 욱신거리고 어질어질 하다. 게다가 감탄의 연속이었던 하루라, 쩍 벌어진 입 또한 너무 아프다.
'루브르! 세계에서 가장 큰 거 인정! 하루에 다 못 보는 거 인정! 내가 졌소!'
중간에 길까지 잃어버렸더니, 오늘 하루는 잠시 다른 세상에 있다가 돌아가는 기분이다.
수백 년 동안 인간이 이루어 놓은 방대한 양의 작품들을 이렇게 잘 복원해서 정리해 놓았다는 게 정말 경이롭기까지 하다.
나만 보기엔 너무나 아까워 발을 동동 구르게 만든 이곳.
결국 다음 날 몸살로 나를 몸져눕게 만든 이곳.
킹 왕 짱 루브르!

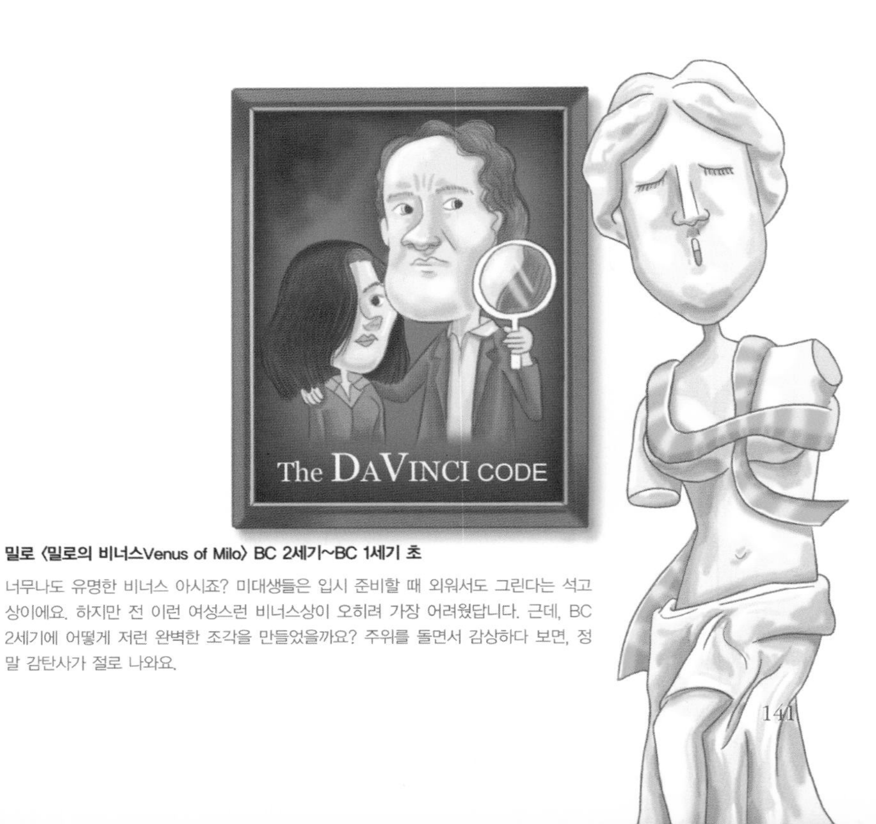

밀로 〈밀로의 비너스Venus of Milo〉 BC 2세기~BC 1세기 초

너무나도 유명한 비너스 아시죠? 미대생들은 입시 준비할 때 외워서도 그린다는 석고 상이에요. 하지만 전 이런 여성스런 비너스상이 오히려 가장 어려웠답니다. 근데, BC 2세기에 어떻게 저런 완벽한 조각을 만들었을까요? 주위를 돌면서 감상하다 보면, 정말 감탄사가 절로 나와요.

Jardin du Luxembourg

뤽상부르 공원은 정말 넓어요. 파리는 도시 자체는 작은데, 공원이나 박물관을 다니다 보면 엄청 커서 놀라곤 하죠. 이곳은 애견동반 금지구역이라, 강아지를 무척이나 사랑하는 파리지앵들도 데리고 올 수 없어요. 공원 곳곳에 빈 의자들이 비치되어 있으니, 원하는 장소에서 한낮의 여유를 만끽해 보세요.

뤽상부르 공원에서의 여유

서울에서 태어나 줄곧 자라서 그런지, 난 북적거리고 생동감 넘치는 도시 생활이 좋다. 어떤 사람들은 꼬끼오 닭과 방울토마토를 기르며 사는 한적한 전원 생활을 꿈꾸지만, 난 아직 마트 구경이 더 좋고, 카페 창밖 너머 사람 구경이 좋다.
그래도 가끔, 아주 가끔은 방해받고 싶지 않은 그런 날이 있다. 풀밭에 벌러덩 누워, 신발도 벗어젖히고 온갖 게으름과 사색에 풍덩 빠지고 싶은 그런 날.
바로 오늘이 그런 날? 한국에서 가져온 《마리 앙투아네트》를 허리에 끼고, 집 근처 뤽상부르 공원으로 향한다. 오늘은 그냥 공원에서 뒹굴며 놀아야지. 내가 또 언제 이래 보겠어?
더우면 서늘한 나무 그늘 밑으로, 또 너무 서늘하면 햇빛 가득한 중앙 분수대 앞으로 옮겨 다니며, 마치 나무늘보처럼 하루를 보냈다.
진정으로 혼자만의 여유를 만끽하고 싶다면 '뤽상부르 공원' 으로!

센강을 따라 걸어요

향 좋은 커피 한 잔 사 들고 시원한 바람이 부는 센강을 따라 걸어 본다.
양옆으로 펼쳐진 근사한 파리의 풍경과, 옹기종기 모여 있는 파리지앵 구경에 시간 가는 줄 모르겠다. 아~ 너무 좋아라!

PARIS
EFFEL TOWER
I ♥ PARIS
LE PLAN
DE PARIS
metro
CESAR
PARIS
EFFEL
Tower
Seine
River
Cathedrale
Notre-Dame
de Paris

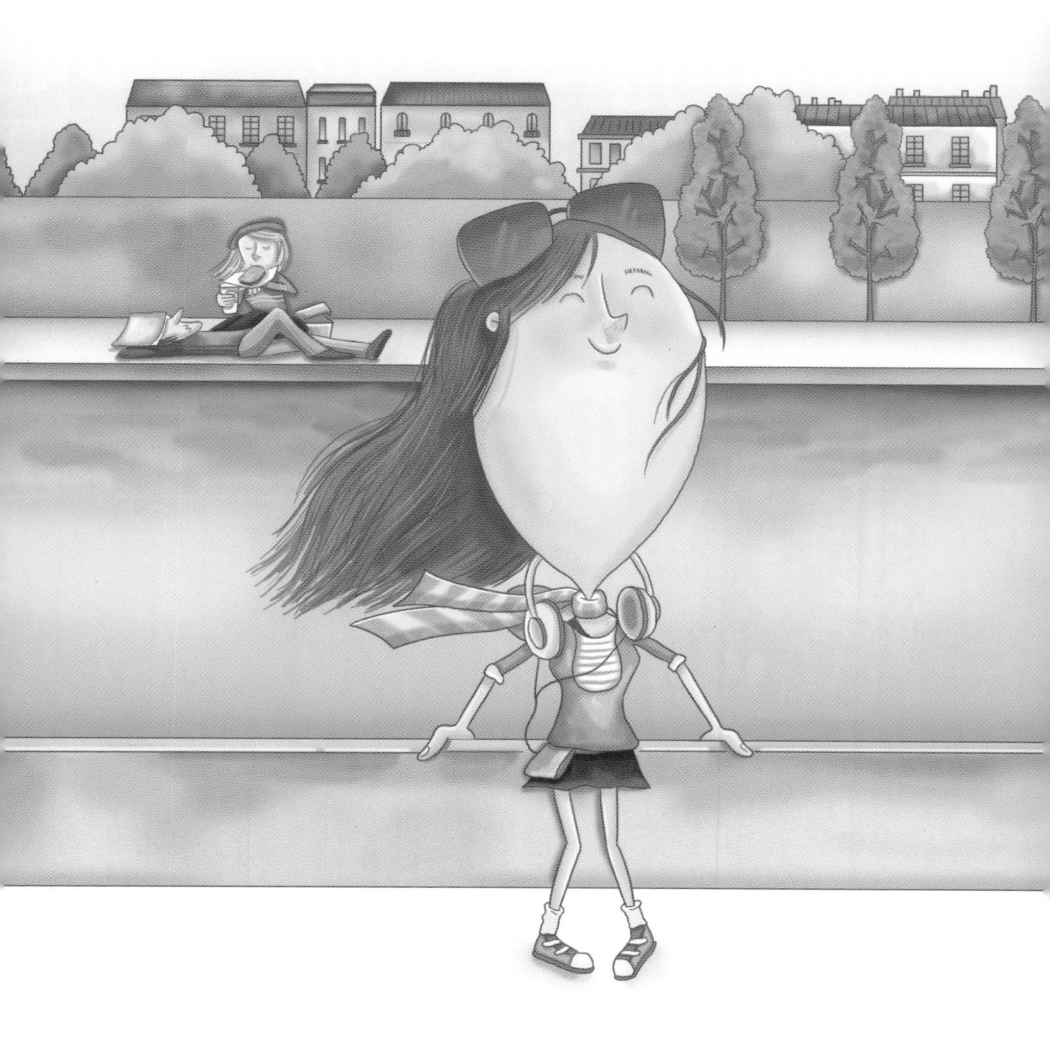

바토 파리지앵을 타고 한 바퀴 돌며, 노을 지는 센강의 또 다른 모습에 흠뻑 빠졌다. 친절한 오디오 가이드를 따라, 좌우로 두리번거리며 열심히 넘나들던 파리를 가로지르고 있다. 와! 멋진 그림 속에 내가 쏙 들어와 있는 것만 같아!

센강은 프랑스에서 세 번째로 긴 강으로, 서울의 한강처럼 '파리'하면 빼놓을 수가 없는 곳이죠. 폭도 넓지 않고 아담해서 운치 있게 느껴져요. 중간 중간에 있는 다리를 넘나들며, 강변 좌우에 펼쳐지는 근사한 파리를 꼭 만끽해 보시기 바라요. 또 에펠탑 근처 선착장에서 시작되는 바토 파리지앵 같은 유람선을 타고 센강변을 한 바퀴 순회해 보세요. 무뚝뚝해 보이는 파리지앵들도 힘껏 손을 흔들어 준답니다. 아, 그리고 이왕이면 노을 지는 시간에 맞춰서!!

OUTDOOR ADVERTISING

파리의 재미난 옥외광고

어릴 적부터 주변을 구경하며 다니는 습관 때문에, 늘 넘어지고 원치 않는 것들을 자주 밟아야만 했다. 우웩. 그래도 난 땅보다 사방을 두리번거리며 걷는 게 더 재미있다.

"땅은 재미없어? 벽이 좋아?"

"물론이죠~ 비엥 쉬르Bien sur!"

파리는 곳곳에 재미난 광고들이 수두룩하다. 게다가 대통령 선거철을 맞이하여, 선거 포스터까지 눈에 띈다. 오호~ 저 후보자의 빨간 루돌프 코는 너무 위트 있고 센스 있으시다. 한번 눌러 주고 싶네!

여기저기 벽을 찾아 헤매는 내 모습, 〈C.S.I PARIS〉가 따로 없고만.

가장 멋지고 독특했던 광고는 샹젤리제 거리에서 봤던 '캡슐커피 광고'! 제품을 지퍼 모양으로 쭉 늘어놓은 아이디어는 베스트 오브 베스트였다. 사람들의 동선에 맞춰 광고를 붙여 궁금증을 자아내다가 지퍼 끝자락에서 커피임을 보여주는데, 순간 나도 사고 싶었다.

메트로에서 종종 마주쳤던 귀여운 펭귄과 문어가 등장하는 이 광고는 뭘까? 예쁘니까 내용은 몰라도 상관없긴 해. 파리의 속도에 맞춰 지내다 보니 점점 너그러워지는구나

~ 크크. (나중에 알고 보니, 환경보호 광고였다. 바다사랑~)

나도 파리 한구석에 살짝궁 '영역 표시' 좀 해볼까? 파리에서 슬며시 고개 드는 몹쓸 장난기여~ 그럼 일단, ①노트 한 장을 뜯어 아주 작게 자화상을 그린다 ➔ ②인적 드문 곳에 몰래 붙인다 ➔ ③빛보다도 빠르게 도망친다 ➔ ④저 멀리서 '씨익' 웃는다
내일 아침 청소부가 확 찢어 버리거나, 운 좋게 몇 년간 붙어 있거나!
확률 50:50. 스릴 100점, 만족도 100만 점!

Bonjour Eiffel

Enjoy a Sightseeing Tour of Paris

봉주르 에펠

드디어 나도 에펠탑에 입성! 그리고 잠시 할 말을 잃었다.
파란 하늘을 향해 우뚝 솟아 있는 파리의 상징, 에펠탑!
에펠탑이 조금씩 가까워질수록 입이 자꾸 벌어진다.
우와! 거대한 초식 공룡 같아.

전 세계 많은 이들이 몰려드는 에펠탑도, 건축 당시에는 흉측하고 파리와 어울리지 않는다고 반대하는 사람이 많았다고 해요. 독특한 철골 구조에 높이 또한 이집트 피라미드의 2배나 됐으니, 그 당시 사람들에게는 분명 충격이었겠죠. 에펠탑 앞 센강변에는 바토 파리지앵과 같은 유람선 선착장이 있어요. 시원한 강바람을 가르며 센강을 따라 에펠탑을 구경해 보는 것도 좋지 않을까요?

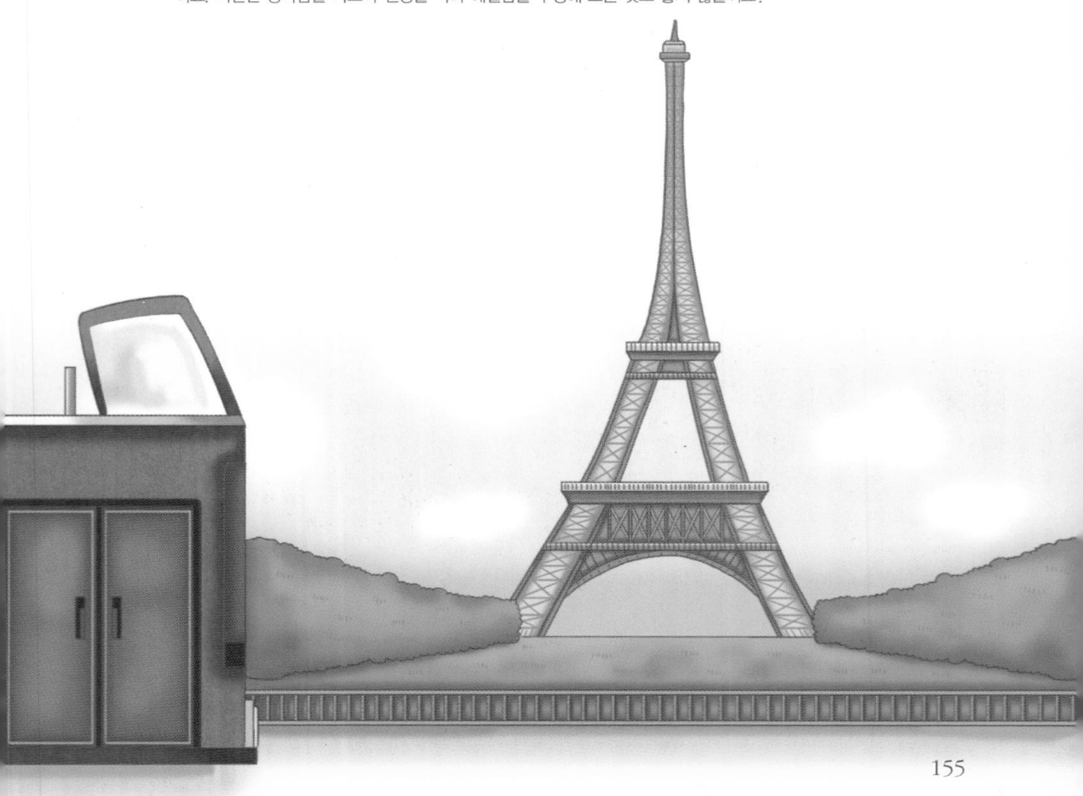

BOISSON FRAICHE. 2€
BARBE A PAPA. 2€
SANDWICH. 2€80
ICE CREAM. 2€50
HOT DOG. 2€50
PANINI. 3€
FRITE. 2€
CRÊPE. 1€80
CAFÉ. 1€30
THÉ. 1€30
GLACE. 2€50

대낮이어도 이곳은 왠지 축제 분위기다. 저기 수학여행 온 유럽 학생들은 이곳이 그리도 좋은지, 듣도 보도 못한 그들만의 춤사위로 기쁨을 풀어헤친다.
'훌라 훌라~ 얼쑤 얼쑤~ 딩까딩까~.'
다들 에펠탑을 좀 더 잘 보기 위해 멀리서 또 높은 데서 보려고 노력하지만, 내 생각에는 에펠탑 바로 밑에 앉아 여러 각도로 구경하는 게 제일인 것 같다. 달콤한 스트로베리 아이스크림 하나 물고, 에펠탑 아래에 엎드려 이리저리 에펠탑을 그려 본다.
잘 짜인 철골 구조로 높이 솟아 오른 에펠탑과 살랑거리며 머리카락을 간질이는 시원한 바람이 어울려, 정말 내가 파리에 와 있다는 사실을 새삼 깨닫게 해준다.
"캬하~ 좋고마잉~."

Here are PARIS!

잔디밭에 벌러덩 누워 에펠탑 그림자를 시원하게 이불 삼아 덮고는, 이런저런 기분 좋은 상상에 빠져 본다. 한없이 바빴던 한국 생활은 온데간데 없고, 움직이는 구름을 따라 하늘 구경을 하고 있으니 세상 부러울 게 없네.

Yes! here are Lovely Paris!
옴마야! 이게 다 뭐야?
세상에, 다들 엉켜서
난리도 아니구나!

아침나절부터 계속 따라다니며, 기념품을 들이대는 아랍 상인들에게 에펠탑은 어떤 의미일까? 시간이 흘러, 먼 훗날 그들과 내가 오늘의 파리 에펠탑을 떠올리게 된다면, 왠지 다르게 기억할 듯싶다.

저 멀리 몽파르나스 타워가 어두워지기 시작하는 것을 보니, 집에 갈 시간이 다 된 것 같다. 슬슬 버스에 올라야겠다.

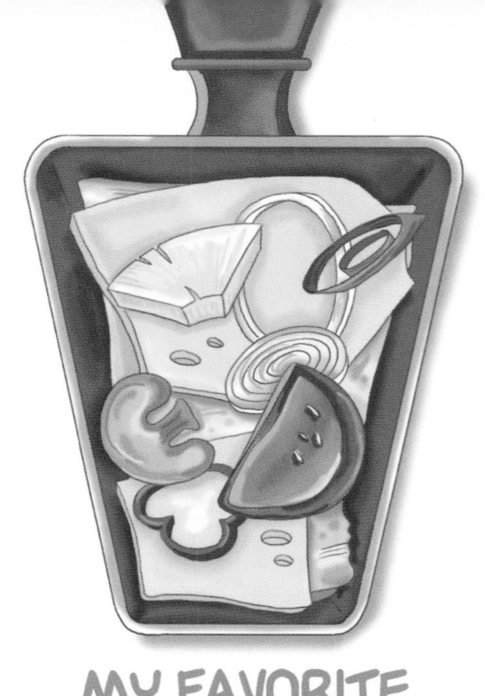

MY FAVORITE FRENCH FOOD IN PARIS

파리에서 최고로 맛난 음식, 라클레트

나를 단번에 매료시킨, 파리 최고의 음식 라클레트Raclette! 라클레트의 racler는 불어로 '긁다' 라는 뜻으로, 원래 겨울철 스위스 산악지대에서 목동들이 장작불에 치즈를 녹인 후 이를 긁어 먹던 데서 유래된 요리의 이름이자, 치즈 이름이기도 하다.
만드는 방법은 간단하다. 아이들 소꿉장난처럼 파인애플, 치즈, 토마토 등 마음에 드는 재료들을 틀에 담아 미니 화덕에 넣고 열심히 주문을 외우면 완성!
'어서 익어라, 어서 녹아라. 비비디 바비디 부!'
거기에 노릇하게 구운 감자와 와인을 곁들이면, 둘이 먹다 하나가 죽어서 감사해할 정도로 환상적이다! 츄흡~.

홍합 껍데기를 집게 삼아
쏙쏙 빼먹는 푸짐한 홍합찜 요리.
한 냄비 다 비우고 나면 왕 뿌듯.
역시 바다의 맛이야~
레옹 드 브뤼셀 Léon de Bruxelles
식당은 파리 말고도 유럽 전역에
많다던데 내겐 왠지 파리로
기억되는 맛이 될 것 같다.

Pavé de Thon Grillé,
pommes de terre
ecrasées aux olives,
Coulis de Tomates +Kir
요리 이름은 너무 길어서 필히 적어 두었는데
정작 초간단한 카페 이름은 까먹었네.
참치를 그릴에 구워 토마토 소스를 끼얹고
으깬 감자 샐러드를 올리브유와 섞어서 옆에 둔 요리? 휴우~길다.
같이 나온 사과맛 나는 술 끼흐 Kir는 입에 착착 감겼다. 역시 술 적응은 빨라. 흐흐.

때론 패스트푸드점 퀵QUICK에서
샐러드 세트 메뉴를 시켜 가볍게 먹기도!
야채를 잘 안 먹던 미트 러버 생갱도
파리에 오니 별 수 없다.
상큼한 야채와 바삭한 치킨이
뒤엉킨 향연. Good!

찐한 에스프레소 한 잔과 달콤한 초코빵은
나른한 파리의 오후에 결코 빼놓을 수 없다.
커피홀릭 생갱도 결코 빠질 수 없지.

MY FRENCH FOODS IN PARIS

하나하나 심오한 뜻이 담겼을 것 같던 예쁜 케이크들.
파리가 예술의 도시인 이유를 이제 알겠다.
이거 아까워 우째 먹노?

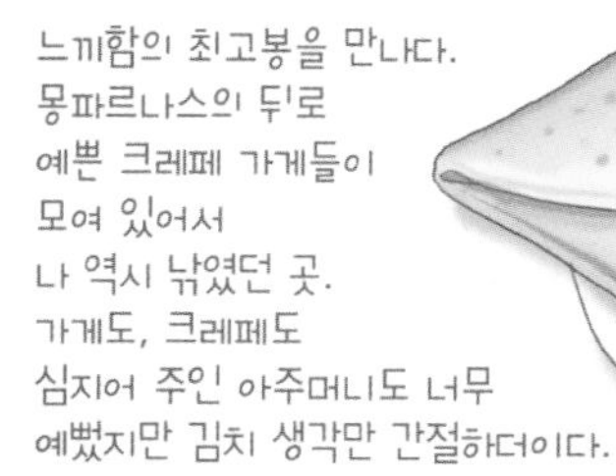

느끼함의 최고봉을 만나다.
몽파르나스의 뒤로
예쁜 크레페 가게들이
모여 있어서
나 역시 낚였던 곳.
가게도, 크레페도
심지어 주인 아주머니도 너무
예뻤지만 김치 생각만 간절하더이다.

BOOKSTORE IN PARIS

파리 서점엔 수만 가지 빛이 난다

파리에서 정말 원 없이 다녔던 곳은 다름 아닌 서점이다.
프낙Fnac이나 버진 메가스토어Virgin Megastore와 같은 대형 서점에서부터 지베르 죈느Gibert jeune 같은 헌책방, 그리고 어느 길모퉁이의 조그마한 그림책방에 이르기까지, 여기저기 참 많이도 돌아다녔다.
하루 종일 책 속에 파묻혀 지내도, 점점 어두워지는 하늘을 보면 그렇게 아쉬울 수가 없다. 게다가 한국에서는 잘 볼 수 없었던 다양한 일러스트 책이나 디자인 책을 만날 때면 어찌나 반갑던지…….
'내 필히 이곳을 천국이라 지정하겠소!'
가만, 저건 뭐야? 퐁피두센터 뒤편을 배회하다 발견한 'Super Heros Librairie.'
수퍼영웅…… 책방?

이름 그대로 히어로들이 나오는 그림책 위주인 이곳에서는, 불어 한 자 모르는 까막눈 신세라도 얼마든지 즐길 수 있다. 문자를 넘어선 멋진 표현, 그리고 감동!
어두운 책방 한쪽에 쭈그리고 앉아 알록달록한 그림책을 한 장 한 장 넘길 때마다, 수만 가지 형광 별빛이 마구 쏟아져 나오는 것 같다.
'부디, 이 빛이 내게 쑥쑥 흡수되고 있길…… 한국에서 멋지게 뽑아 쓸 수 있게 말이야.'
온갖 서점을 돌아다니며 엄선한 책들을 보고 있노라면, 정말 여느 명품가방 부럽지 않다.
"아, 보고만 있어도 완전 배불러~."

우리나라의 교보문고처럼 CD · DVD와 함께 신간 서적을 보고 싶으시다면, 샹젤리제 거리에 있는 버진 메가스토어나 프낙에 가시면 되구요. 반대로, 오래된 중고 서적을 원하시면 생 미셸 거리에 있는 지베르 죈느나 지베르 조세프에 가시면 저렴한 가격으로 구할 수 있어요. 프랑스는 유명한 일러스트레이터들을 많이 배출하는 나라답게, 어른을 위한 그림책도 많답니다. 파리서점 투어, 적극 권해요.

AND
MARK BEYER
AYA 2
DE YOPOUGON
COUP DE COEUR...
SUPER HÉROS
EX-LIBRIS
Morgan Navarro
EX-LIBRIS
DES YEUX
Du 31 Mars
au 30 Juin
Bibliothèque
Elsa Triolet
Bobigny
EXPOSITION
LUDOVIC
EX-LIBRIS EX-LIBRIS EX-LIBRIS EX-LIBRIS
Album Manga et les Editions Paquet
Lapinot
JANITOR
VENI, VIDI, VAE VICTIS !
LES CRITIQUES SONT UNANIMES
À LIRE ABSOLUMENT
AVANT LES PROCHAINES ÉLECTIONS
EN VENTE ICI
Rota Bar

생갱의 파리 스케줄

미리 세워 놓은 빼곡한 계획에 따라 움직이는 숨 막히는 여행은 No!
이번 여행은 느긋한 마음가짐 필수!
오늘도 여유 있게 일어나, 바게트 샌드위치와 커피를 마시며 하루의 계획을 짜 본다.
밋밋했던 나의 스케줄 노트도 조금씩 채워져 가는구나. 이히~.

한 달간 머물면서 사용한 교통 티켓 '오랑주Orange!' 이거 하나면 파리시내 메트로와 버스가 한 달간 무한이용 가능해요. 증명사진을 붙여야 하므로, 사진을 미리 준비해 가시면 좋아요. 파리는 교통편이 아주 잘 연결되어 있어서, 지하철과 버스 노선표만 있으면 파리여행 걱정은 완전 게임 끝!

Paris schedule

BONJOUR!
04/07-05/08
SAENGGAENG
IN PARIS

WHAT WILL YOU DO TODAY?

레옹에서 지예언니네 부부와
맛난 홍합요리 먹기!
홍합 껍데기를 집게 삼아
홍합 세계에 빠지다.
이거 완전 맛나네~

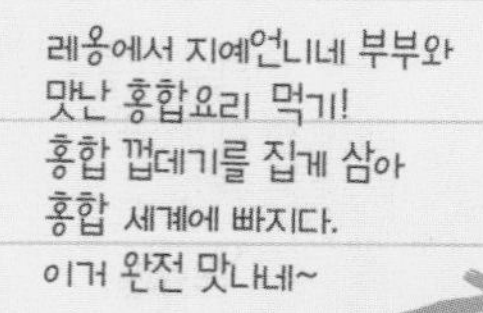

TODAY (4/11)

우체국가서 편지보내기
피카소미술관
마레지구 구경
레옹에서 저녁식사
모노프리에서 장 보기

WHEN WHERE WHAT

마레 지구 가서 걷고 또 걷고,
구경하고 또 구경하고,
다리는 아프지만 눈은 즐거워~

피카소미술관 가기
버스에 내려 지도를 펴 보고 있으니
친절한 과일가게 아저씨가 다가와 알려 준다.
신기한 면 분할, 기발한 아이디어와 위트, 그리고 그의 바람기
왠지 미술관이 아니라 피카소네 집에 와 있는 기분,
관람객들 중 어딘가에 피카소가 숨어 있을 것만 같아~

Monoprix

모노프리 가서 장 보기.
고소한 빵과 상큼한 애플주스 사서
오늘 저녁에 그림 그릴 때
맛나게 먹어야지. 츄릅~

Start

우체국 가서 한국에 편지 보내야지!
로라가 알려 준 자동무인시스템을 이용하면
그 악명 높은 파리 관공서에서의 기다림은
절대 겪을 일 없다네~

Paris schedule

생생의
파리 하루
들여다보기

96 Porte des Lilas

우중충한 메트로보다는 파리 구석구석을
훤히 내다볼 수 있는 버스를 타고
피카소 미술관으로 향하다.
쨍쨍한 햇살에 시원한 바람의 조합,
파리는 날씨마저도 참 독특하다.
버스 한켠에 곱게 차려입은
파리 할머니들의 대화가
너무 정겹고 귀엽게 들린다.

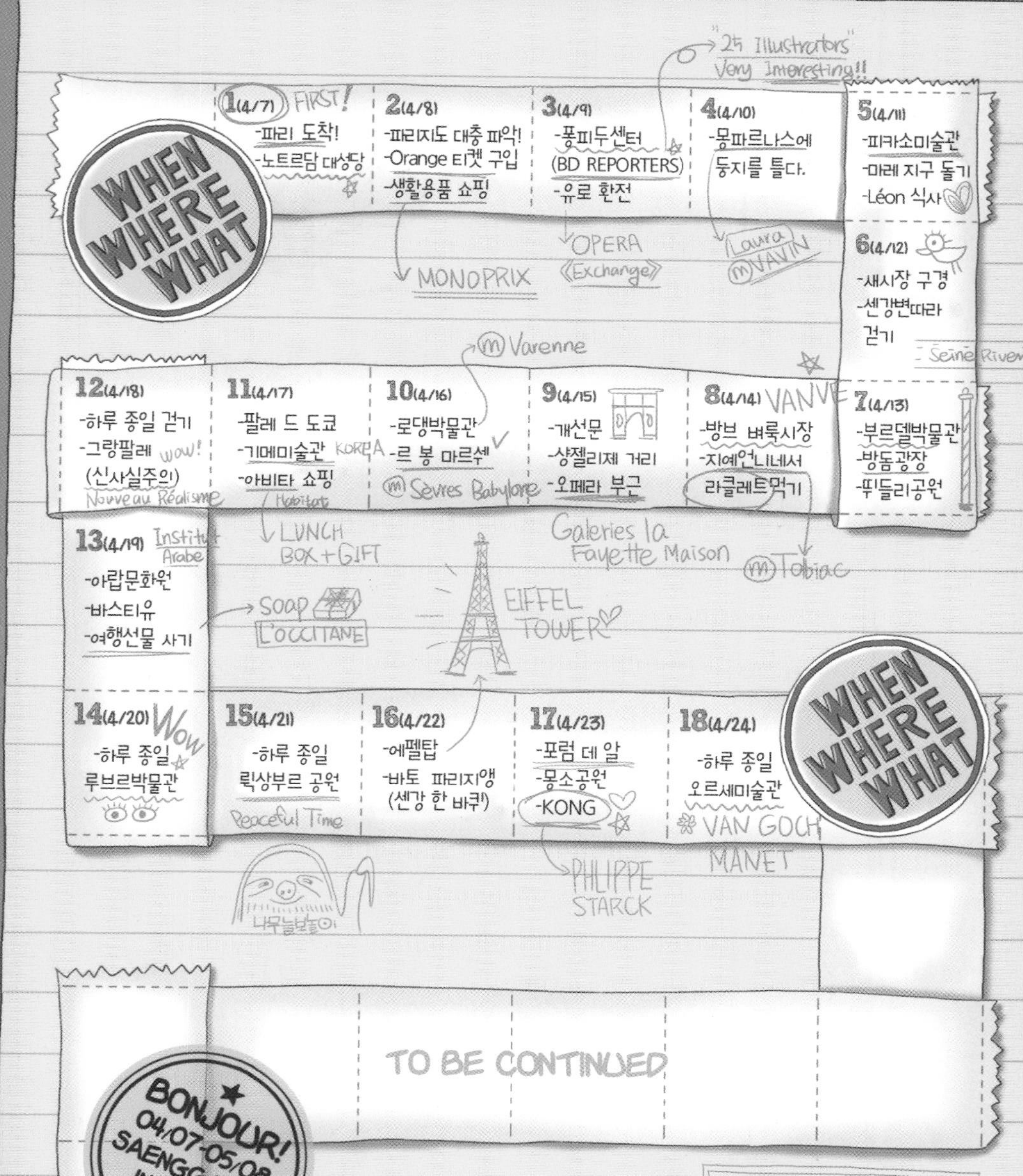
WHEN WHERE WHAT
1(4/7) FIRST!
-파리 도착!
-노트르담 대성당
2(4/8)
-파리지도 대충 파악!
-Orange 티켓 구입
-생활용품 쇼핑
MONOPRIX
3(4/9)
-퐁피두센터
(BD REPORTERS)
-유로 환전
"25 Illustrators"
Very Interesting!!
OPERA
《Exchange》
4(4/10)
-몽파르나스에
둥지를 틀다.
Laura
ⓜVAVIN
5(4/11)
-피카소미술관
-마레 지구 돌기
-Léon 식사
6(4/12)
-새시장 구경
-센강변따라
걷기
Seine River
7(4/13)
-부르델박물관
-방돔광장
-뛰들리공원
8(4/14) VANVE
-방브 벼룩시장
-지예언니네서
라클레트먹기
ⓜTolbiac
9(4/15)
-개선문
-샹젤리제 거리
-오페라 부근
Galeries la
Fayette Maison
10(4/16)
-로댕박물관
-르 봉 마르셰
ⓜVarenne
ⓜSèvres Babylone
11(4/17)
-팔레 드 도쿄
-기메미술관 KOREA
-아비타 쇼핑
Habitat
LUNCH
BOX+GIFT
12(4/18)
-하루 종일 걷기
-그랑팔레 wow!
(신사실주의)
Nouveau Réalisme
13(4/19) Institut
Arabe
-아랍문화원
-바스티유
-여행선물 사기
Soap
L'OCCITANE
EIFFEL
TOWER
14(4/20) Wow
-하루 종일
루브르박물관
15(4/21)
-하루 종일
뤽상부르 공원
Peaceful Time
16(4/22)
-에펠탑
-바토 파리지앵
(센강 한 바퀴)
17(4/23)
-포럼 데 알
-몽소공원
-KONG
PHILIPPE
STARCK
18(4/24)
-하루 종일
오르세미술관
VAN GOGH
MANET
WHEN WHERE WHAT
나무늘보들이
TO BE CONTINUED
BONJOUR!
04/07-05/08
SAENGGAENG
IN PARIS
Paris
schedule

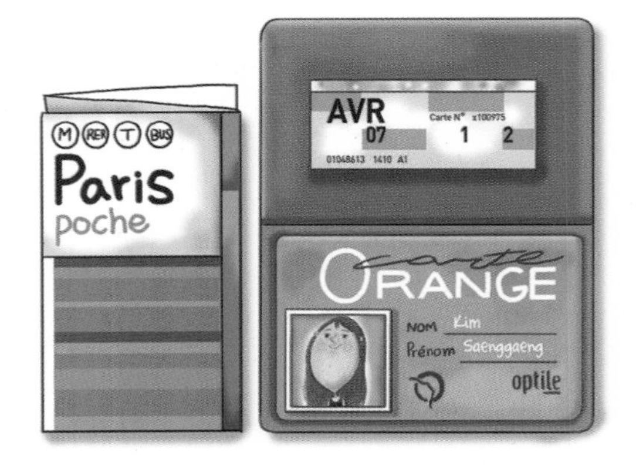

한 칸씩 채워 가는 재미 속에,
하루씩 줄어드는 아쉬움 속에
나의 파리 일정은 계속되고 있다.
쭈욱~

4th week

파리지앵의 선물, 아멜리에를 만나다

잊을 수 없는 파리의 인연, 로라

사람들은 훈남 파리지앵과의 만남을 궁금해하지만, 난 나이와 언어를 넘어선 나와 로라의 '찐한' 우정에 대해 말해 주고 싶다. 몽파르나스에서 혼자 사는 68세의 로라 아주머니는, 퇴직한 후 틈틈이 아이를 돌보는 파트타임으로 돈을 모아 요트 여행을 떠나곤 하는 멋진 수퍼우먼이시다.
처음 그녀를 만났을 때 한국인이라고 소개하자, 그녀는 내가 머무를 방보다도 자신의 재산 목록 1호를 먼저 소개해 주었다. 그것은 바로 조선시대 장롱! 그녀의 할아버지의 할아버지…… 암튼 한참 거슬러 올라간 할아버지가 조선에 왔다가 이 장롱을 이곳 파

리까지 가져왔다고 한다. 그 뒤로 대대손손 물려 내려와서는 그녀의 재산 목록 1호가 된 것! 낮에도 장롱이 상할까 봐 블라인드를 내려 둔다고 하니, 로라의 장롱 사랑은 정말 감동이다.

그렇게 시작된 로라와의 생활은 그녀의 장롱사랑만큼이나 따뜻하고 정성으로 가득했다. 내가 외출한 사이에 깔끔한 방 정리와 함께 예쁜 꽃 한 송이를 책상에 꽂아 두기도 하고, 요즘 신세대들의 잡지를 몇 권 사서 침대 위에 올려놔 주시기도 했다.

마음이 열리고 또 열리면, 언어도 나이도 국적도 가끔씩 잊을 만큼 끈끈한 무언가가 생기는 것 같다. 파리에서 만난 가장 특별한 인연, 로라 아주머니!

로라의 공연 선물, 관객 평균 연령 65세?

어느 날 로라에게 멋진 공연을 선물받았다. '키벨르Kibele' 라는 작은 식당의 지하 공연장에서 열린 공연은, 백발의 여주인공과 느끼한 남자가 서로 노래를 주고받으며 이야기를 엮어 가고 뒤에서 열심히 반주하는 피아니스트가 중간 중간에 추임새를 넣는 형식이었다. 재밌는 건 여길 봐도 할머니, 저길 봐도 할아버지 관객밖에 없다는 사실! 아니나 다를까 관객 평균 연령이 대략 65세라는 것이다. 게다가 저 백발의 여주인공은 로라보다도 나이가 많다고 한다. 그 나이에 공연기획부터 무대의상까지 혼자서 직접 한다고 하니, 그 열정이 참 대단하다.

공연이 끝나자, 이젠 관객들이 하나둘씩 악보를 꺼낸다. 이건 또 뭐지? 배우들의 1부 공연이 끝나면, 2부에서는 원하는 관객들이 부르고 싶은 노래를 준비해 무대에 오르는 것이라고 한다.

어떤 요란한 의상의 할아버지는 3곡을 연달아 열창한 후 무대에서 거의 기어 내려오다시피 하셨고, 수줍음을 타던 한 할머니는 무대에 올라가기가 무섭게 엉덩이를 흔들며 〈베사메무쵸〉를 열정적으로 부르기도 하셨다.

할머니와 할아버지 사이에 앉아, 가장 재미있게 공연을 즐기고 있는 내 모습이 신기하여, 갑자기 피식 웃음이 나온다. 하긴 내가 어디서 이런 경험을 또 해보겠는가?

낮에 혼자 다닐 땐 한껏 멋을 낸 개성 강한 젊은이들만 눈에 보여 그 모습이 진정한 파리라고 생각했는데, 로라 아주머니 덕분에 파리의 또 다른 모습을 보게 된 것 같아서 너무나 고맙다.

"베사메 베사메 무쵸~ 팍팍 무쵸~."

KIBELE
Performance

그대 이름은 로라! 로라!

공연을 보고 돌아오던 밤, 음산한 메트로에서 무서운 사람들이 이리저리 따라붙는다. 언제나 어딜 가든 조심하라고, 늘 신신당부하는 정 많은 프랑스 아줌마, 그대 이름은 로라!

파리라는 도시에 자부심이 큰 그녀도 불법 이민자나, 일 안 하고 노는 젊은이들, 심지어 불안한 테러 위협 문제까지 파리에 대해 아주 걱정이 많으셨다.

어릴 적 파리의 모습과는 너무도 다르게 변해 간다며 늘 안타까워하시면서도, 틈틈이 시간을 쪼개서 내게 좋은 파리의 모습을 보여 주려고 애쓰셨다.

어떤 날은 나 같은 일러스트레이터나 디자이너에게는 무엇이든 많이 볼수록 도움이 될 거라며, 뤽상부르박물관에서 열린 주얼리 전시회로 안내하셨다.

입장료를 아낄 수 있도록 내 나이를 속이는 깜찍한 거짓말을 하시는가 하면, 불어로 된 제목과 내용을 자세히 설명해 주시며 멋진 가이드가 되어 주시기도 하셨다.

또 일정에 없던 런던행을 결심하고 유로스타 열차편을 알아보던 내게, 열차 시간표와 할인 적용 날짜 그리고 금액까지 자세히 알아봐 주셔서 얼마나 감사했는지 모른다.
혼자였다면 경험하지 못했을 수많은 파리의 추억은, 로라와의 인연에서 비롯된 게 참 많다. 처음엔 낯설고 조심스럽기만 했던 프랑스 아주머니였지만, 어느새 로라는 나의 파리 수호천사가 되어 주셨다.
내가 이렇다 할 인맥은 없어도, 늘 뜨끈한 인복은 많지 않던가? 언젠가 그녀가 요트를 몰고 한국에 왔으면 좋겠다. 그녀가 한국에 오면, 그녀의 조선시대 장롱 못지않은 많은 것들을 보여줄 수 있을 텐데. 헤헷.

WEEKLY
MARKET

WEEKLY
MARKET
FROMAGE
Pain

부지런한 사람만의 특권, 파리 주말 시장

여행이라고 또 주말이라고 마냥 게으름 피우다간, 멋지고 색다른 파리를 못 보고 그냥 돌아가게 되는 불상사가 생길 수도 있으니 오늘만큼은 서두르자!
오늘은 신나는 주말 시장 가는 날!
내가 머무는 몽파르나스 집 뒤에선, 주말이면 어김없이 근사한 시장이 열렸다.
지극히 재래적인 방식으로 만들어진 다양한 식료품들과, 새벽부터 뜨끈뜨끈하게 만들어져 나온 먹음직스런 빵들. 보기만 해도 건강해질 듯한 싱싱한 과일과 야채들, 그리고 부지런한 파리지앵들까지 모두 모인 이곳!
내가 좋아하는 딸기 한 팩 사서 베어 물고, 이름 모를 신기한 식품들 앞에서 하나하나 맛을 보는 상상을 한다.
'으흑, 이건 짜겠군. 오호 이건 참 고소하겠구만.'
아쉽게도 새로운 음식에는 항상 용기가 안 생기니, 눈으로만 배불리 먹을 수밖에.

시장 인심만큼은 세계 어딜 가나 훈훈한 법일까?
시장에서 만난 파리지앵들은 모두 잘 웃고, 낯선 이방인에게도 아주 친절하다.
얼떨결에 이러저리 끌려 다니며 시식도 하고, 흥정도 하고, 마구 흥이 난다.
아무래도 다음 주말에도 부지런을 좀 떨어야겠다.
유후~ 긴 시장을 오고 가며 환영받으니, 칸 영화제의 레드 카펫이 따로 없고만~.

생갱's Paris tip

저는 몽파르나스에 계속 머물러서 이곳 주말 시장을 주로 이용했어요. 렌느Rennes역 부근에서도 열렸던 걸 보면, 몇몇 역 주변으로 주말마다 열리는 것 같아요. 음식뿐만 아니라, 그림이나 조각품까지 품목이 아주 다양하답니다. 그렇지만 옷이나 신발류는 퀄리티가 다소 떨어져 비추예요.

Ça coûte combien?
D`accord.
Donnez-moi ça.
(얼마예요? 알았어요.
이걸로 주세요.)
나 저 새우 차암 잘 먹는데~
나 저 꽃게 완전 다 먹는데~
1kg

Montmartre

혹시 몽마르트르에 가보셨나요? 안 가봤으면 말을 마세요!

영화 〈아멜리에〉에 나온 장소는 오늘 내가 접수한다.
북쪽 지역은 '매우' 조심해야 한다는 로라 아주머니의 말을 뒤로하고, 버스에 올랐다.
센강을 건너 오페라를 지나, 드디어 몽마르트르에 도착!

몽마르트르가 있는 파리 북쪽 지역은 현지인들에게도 위험하다고 소문이 자자하대요. 로라 아주머니의 우려처럼, 파리는 워낙 여러 나라에서 온 사람들이 모여 사는 도시라 많은 문제들 또한 공존하는 듯해요. 몽마르트르 입구에서 팔찌를 팔던 몇몇 흑인들과, 에펠탑 근처에서 기념품을 팔던 아랍인들은 때론 장사를 넘어서 위협적이기까지 했던 기억이 나요. 편견은 갖지 말되, 늘 긴장감은 늦추지 말고 여행하세요.

해발 129m의 몽마르트르 언덕! 파리에서 가장 높은 곳인 이곳은, 좁은 길들의 경사가 심하다. 빨리 가고 싶은 마음에 빠른 걸음으로 헉헉대며 땅만 보며 올라가다 고개를 드니, 사크레쾨르 대성당이 바로 앞에서 나를 내려다보고 있다.

국민들의 모금으로 40여 년이나 걸려서 지었다는 사크레쾨르 대성당은 외관의 하얀 돔이 인상적이다. 관광객들도 정말 많고, 말로만 듣던 험상궂은 사람들도 제법 눈에 띈다. 북쪽은 나 혼자 다니기엔 위험하다는 말을 아침 내내 듣고 온 터라, 금세 졸아서 성당 안으로 후다닥 들어왔다.

성당 안은 매우 어둡고 조용한 가운데, 기도하는 사람들로 가득했다. 익숙치 않아 어색하긴 하지만, 나도 기도 한번 해 볼까?

'그러니까 말이죠. 중얼중얼…… 그래 주십사하는…… 그럼 이만, 비비디 바비디 부!'

먼 훗날 조금씩 소원이 이루어질 때마다 이곳이 생각날 것 같다.

물랑루즈와 사크레쾨르 대성당이 이렇게 가까운 곳에 있다니…….
몽마르트르는 정말 극과 극이 공존하는 묘한 분위기의 동네임이 분명하다. 블랑슈Blanche역 쪽으로 민망하게 줄지어 있는 성인용품점들을 조금만 지나면, 삼삼오오 모여 대성당으로 향하는 참한 수녀님들을 만나게 된다.
그리고 어느새 보이는 물랑루즈의 빨간 풍차! 물론 씽씽 돌아가지도 않고, 네온사인도 꺼져 있지만, 이곳의 분위기와 어우러져 화려한 물랑루즈의 야경이 머릿속에 그려진다.
사실 몽마르트르뿐 아니라, 파리 전체가 그렇다. 고급스럽고 우아한 포스를 뿜다가도 갑자기 지저분해지고, 우중충한 회색빛이었다가도 어느새 알록달록 형광빛을 낸다.
하긴, 어쩜 그게 파리만의 매력일지도 몰라.

아멜리에를 만나러 가다. 레 되 믈랭

몽마르트르에 반드시 오고 싶었던 가장 큰 이유는 바로 카페, 레 되 믈랭!
몇 번을 봐도 늘 신선하고 사랑스런 해피 바이러스 영화 〈아멜리에〉를 본 후, 전에는 관심도 없었던 파리가 궁금해지기 시작했다. 사랑스런 아멜리에가 일하는 레 되 믈랭에 가면 코 훌쩍거리는 조제트도, 녹음기를 들고 스토킹해 대는 조셉도 진짜 만날 수 있을 것만 같았다.
사크레쾨르 대성당에서 망원경으로 한눈에 보이는 파리를 실컷 구경한 후, 경사진 계단을 따라 내려오다 보면 영화 속 회전목마가 보이는 게, 카페와 점점 가까워지고 있는 느낌이 든다.
어쩌면 지금 이 동선이 영화 속 아멜리에가 걸었던 길인지도 모르잖아? 크흐흐.
모퉁이를 도는 순간 짜자잔~ 하고 내 눈앞에 나타난 레 되 믈랭! 와~ 정말 영화 속 그대로네! 심장이 콩닥콩닥, 아멜리에가 주문을 받으러 올 것만 같다.
"너 그거 아니? 나, 너 만나러 파리에 온 거야~."

영화의 유명세 때문인지, 관광객이 많아 다른 카페와는 살짝 다른 분위기다.
토스트와 에스프레소 한 잔 시키고, 머릿속으로 영화 리플레이!
옆 테이블의 청년이 사진 예쁘게 찍어 줄 테니 포즈 한번 취해 보란다.
"김치~ 치즈~ 스마일~."
그도 이곳을 찾아 먼 아르헨티나에서 왔다고 하니, 남자들도 나만큼이나 아멜리에를 좋아하나 보다. 카페 밖에 줄 서 있는 다른 관광객들이 자꾸 눈에 밟혀, 아쉽지만 2시간 만(!)에 주섬주섬 짐을 챙겨 나왔다.
그리하여 파리 위시 리스트 중 하나를 지우다. 브라보~!!

Café
Restaurant
in Paris
BRIOCHE DORÉE
오우, 죽네 죽어~
역시 진한 에스프레소 한 잔은 마셔 줘야
파리에 다녀왔다고 말할 수 있다구!!!

파리의 에스프레소 맛을 알게 된 어느 날…

때론 혼자
때론 우연히 만난 낯선 이들과 같이
때론 파리의 지인들과 함께했던 에스프레소.
'가장 파리스러운 시간들'

Un Cafe Expresso S' il vous Plait!
(엉 까페 에소프레소 실 부프 레!
–에소프레소 한 잔 주세요!)

CaféRuc

한국에서 챙겨 온 가이드북의 카페 소개를 보고 있노라면 머리가 아파온다. 어디가 어딘지도 모르겠고, 사실 그 많은 곳을 다 가볼 자신도 없다.

'에잇 몰라! 그냥 지나가다 마음에 들면 일단 엉덩이부터 들이밀자!'

생각해 보면 나의 파리 여행에선 둘이 먹다 하나가 죽어도 모른다는 그 유명한 아이스크림점도, 파리 여행의 필수 코스라는 마카롱가게도 생략되었다. 그럼 뭐 어때? 어디든 다 파리인 것을…… 나만의 파리 명소를 만들면 더 특별하고 좋잖아?

루브르박물관 근처 '카페 뤽Café Ruc'에서 《마리 앙투아네트》를 읽으며 먹었던 노란 오믈렛과 감자 칩은 정말 꿀맛이었다. 창밖으로 보이던 붉은 노을에 스며드는 파리의 모습은, 나를 일시정지시키고 황홀경에 빠뜨렸다.

파리에 머무는 동안 카페의 분위기에 따라, 난 천천히 즐기는 우아한 여인네도 되고, 시원한 맥주 한 잔 한입에 털어 넣는 터프녀도 됐다.

오늘은 어떤 타입?

생 제르망 데 프레 교회 근처에서 우연히 발견한 한국식당 '와보소Wabosso'.
로라 아주머니에게 진정한 한식의 맛을 알려 주고 싶었던 차에, 너무나도 운 좋게 눈에 띄었다. 야호~. 그러나 기대와는 달리 아주머니가 프랑스식으로 반찬부터 하나씩 하나씩 드시는 바람에, 같이 갔던 지예언니와 나는 급 당황했다.
그래, 별 수 있나 여긴 파리인걸~.

심플한 젖소 모양의 로고와, 목장 같은 내부 구조가 재미있던 라 페르므La Ferme는 젊은이들이 많이 있어서 프레쉬한 느낌의 카페였다. 오페라 부근의 환전소에 갈 때마다 들렀던 곳으로, 한번은 유기농커피를 시켜 놓고 열심히 그림을 그렸더니 옆의 파리지앵 언니가 칭찬해 줬다.
"메르시 보꾸Merci beaucoup~." 날로 유창해지는 나의 불어여~ 후후.

Happy
Ending?

SHAKESPEARE AND COMPANY

제시와 셀린느의 셰익스피어 앤드 컴퍼니

〈비포 선라이즈〉 그리고 〈비포 선셋〉
10년이라는 간격을 두고, 같은 배우가 같은 배역을 맡아 만들어진 두 영화.
이 두 영화를 보며, 수만 번 공감했더랬다.
제시와 셀린느가 10년 만에 만나게 되는 작고 오래된 서점, '셰익스피어 앤드 컴퍼니.'
셀린느: 그러다가 너 비행기 놓치겠어.
제시: 나도 알아.
과연 그들은 어떻게 됐을까?

바로 저 사람들이에요.
제시와 셀린느!
Before Sunrise
Before Sunset

오늘 여기 온 사람들 모두 제시와 셀린느가 된다.

생갱's Paris tip

영화 〈비포 선셋〉 때문에 이곳은 이미 파리의 관광 명소가 되었어요. 노트르담 대성당이 있는 시테섬에서 남쪽으로 내려오면 노란 간판이 보이실 거예요. 비좁은 공간 속에 정겹게 쌓여 있는 수많은 책들과 친절한 주인분이 인상적이었답니다. 두 영화 챙겨보시고, 꼭 가보세요. www.shakespeareandcompany.com

SHAKESPEARE AND COMPANY
CITY LIGHTS BOOKS
Marie Antoinette

Bibliothéque
Nationale
De
FRANCE

나의 파리 아지트, 미테랑 도서관

프랑수아 미테랑 국립도서관.
파리에 머무는 동안 어느새 나의 아지트가 된 이곳!
건물 앞 계단에 걸터앉아 있으면, 파리의 하늘도 마냥 가깝게만 느껴진다.
하늘 구경 실컷 하며 둥둥 떠 있는 구름을 따라 걸어 본다. 엇, 저기 보이는 건 멀티플렉스 MK2?
'그래, 하늘은 많이 봤다아이가. 어여 가자! MK2!'

생갱's Paris tip

파리에선 드물게 현대식으로 지어진 미테랑 도서관은 파리 동남쪽에 있어요. 책 4권이 마주 보는 모습의 건물에, 중앙에는 지하에서부터 올라온 소나무들이 숲을 이루고 있어요. 현대적이면서도 친환경적이라고 할까요? 유명한 건축가 도미니크 페로가 설계했다고 해요.

mk2 Bibliotheque

혼자라도 괜찮아! 영화관 MK2

그나저나, 나 혼자 영화 본 적 있던가? 없던가? 긁적긁적.
파리에 왔으니 왠지 혼자라도 프랑스 영화 한 편은 봐야 할 것 같다.
단, 아무리 프랑스라 해도 난해하고 무거운 영화는 패스~.

음, 어디 보자! 〈미스터 빈의 바캉스Les vacances de Mr.Bean〉?
빈 아저씨 영화라면 불어 끈이 짧아도 부담 없이 즐길 수 있으리라. 유후~. 아이들을 데리고 영화관을 찾은 파리지앵들 사이로 자리를 잡고, 드디어 영화 관람 시작!
역시 코미디는 어디서나 통하는구만! 나 영화 99% 완전 이해해!
스크린을 통해 파리를 다시 보니, 왠지 파리와 좀 더 친해진 느낌이다. 게다가 며칠 후 잠시 다녀올 런던의 모습도 미리 볼 수 있었으니…… 역시 탁월한 선택이었어!
영화 관람을 마치고 극장 곳곳을 구경하다 보니, 1층 한쪽에 위치한 DVD점에서 〈올드보이〉를 비롯한 여러 편의 한국 영화를 팔고 있었다. 여행 중 이곳 사람들이 한국 영화에 대해 종종 물어 와서 그 위상은 이미 실감했지만, 어찌나 자랑스럽고 뿌듯하던지…….
너무 멋지다! 꼬레아!

우리나라의 CGV와 같은 멀티플렉스 MK2는 파리 시내 곳곳에서 찾아볼 수 있어요. 제가 갔던 MK2 비블리오텍에는 1층에 다양한 종류의 DVD를 보유한 DVD점과 레드 톤의 근사한 카페까지 있어서 정말 좋았답니다. 특히 카페는 저녁 시간에 방문해서 맥주 한잔 마시기에 딱!

Château de Versailles

마리 앙투아네트 면회 가다

처음으로 파리를 벗어나, 외곽으로 먼 걸음 하는 날!
지예언니와 베르사유로 마리 앙투아네트 면회 가는 중이다.
여행 중 틈틈이 마리 앙투아네트에 대한 책을 읽었더니 왠지 더 궁금해진다.
얼마나 우아하고 화려하고 엘레강스하고 판타스틱할까?
빨리 기차가 베르사유에 도착했으면 좋겠다.

베르사유궁전은 파리에서 조금 떨어진 곳에 있기 때문에, 파리 시내용 교통 티켓으로는 갈 수가 없어요. 따로 표를 구입해서 R.E.R C선을 타고 베르사유 리브 고슈Versailes Rive Gauche역에 내리시면 돼요. 정말 파리는, 도시 자체 말고는 뭐든 크다는 것을 베르사유궁전께서 최종 확인사살해 주셨습니다. 완전 커요! 그러니 간단한 점심과 음료를 미리 준비해 가셔서 조금씩 쉬면서 구경하세요. 안 그럼 쓰러지십니다.

Wow
Wow
완크!
완전! 크다!
SUPERPOWER

“와우! 와~~~~우! 와~~~~~~~~~~우!! 언빌리버블!! 이러다가 턱 나가겠네.”
뙤약볕에 줄 서 있을 때는 지쳐서 투덜거렸는데, 막상 입장하니 정신이 번쩍 든다.
세상에…… 여기가 어디일까? 천국일까? 꿈일까? 아니면 그림인가?
대부분의 사람들이 궁전 내부부터 보는데, 내 생각엔 탁 트인 정원을 먼저 보는 게 좋을 것 같다. 베르사유의 첫 느낌은 이곳 정원에서부터 단연 압도적이다.
눈앞에 펼쳐진 근사한 풍경 위로 하얀 구름들이 양 떼처럼 마구 밀려오고, 잘 다듬어진 나무들과 꽃밭, 테라스 그리고 1천여 개에 이르는 분수들이 중앙의 대운하를 사이에 두고 한 폭의 그림처럼 펼쳐져 있다.
우스꽝스런 가발에, 촌스러운 비둘기색 스타킹을 신고 있던 루이 14세가 이런 곳에서 살았다고? 와우~.

집이 크면 무엇이 많다? 혹시…… 방? 빙고!
베르사유궁전에는 정말 방이 많다. 거울의 방, 전쟁의 방, 평화의 방, 비너스의 방, 아폴로의 방…… 헉헉, 거기에다 예배당과 극장까지!
정말 프랑스 사람들, 스케일 한번 제대로 크셨다.
이 화려함과 사치의 끝은 정말 어디쯤인 걸까?

아슬아슬한 샹들리에에, 반짝이는 금장식 침대까지…….
나는 이런 곳에서 살라고 하면 어질어질해서 매일 밤 잠도 안 올 것 같다.
수많은 관람객들의 탄성을 자아내는 베르사유궁전이지만, 정작 이곳에 살았던 마리 앙투아네트에게는 마냥 행복한 장소만은 아니었다고 하니 참으로 아이러니하기도 하다.
슬슬 배가 고파오네…….
그럼 이제 예쁜 정원에 자리 하나 잡고, 런치 타임을 즐겨 볼까?

각자 예쁘게 준비해 온 도시락으로 배를 채운 후, 정원 구경을 위해 카트를 대여했다. 유후~ 신난다!
17세기에 마리 앙투아네트가 이 넓은 정원을 사뿐히 걸어 다녔다면, 21세기에 생갱은 카트로 신나게 한번 쫙 훑어 주겠어!
"지예언니 꽉 잡아요! 마지막 1분까지 마구 달려봅시다!"
베르사유궁전의 마지막 하이라이트!
생갱의 카트투어! 부르르릉~~.

생갱's Paris tip

베르사유의 정원은 정말 끝이 안 보일 정도로 넓어서, 카트 대여를 적극 추천해요. 일단 국제면허증이 있어야 하는데, 전 전혀 모르고 갔기에 우리나라 운전면허증을 들이밀면서 사정 끝에 간신히 대여했답니다. 정원 여기저기에 센서가 설치되어 있어 카트 금지구역에서는 카트가 움직이질 않아요. 처음엔 고장 난 줄 알고 어찌나 당황했던지……. 그럼 그럴 땐 어떻게? 바로 후진해서 나오시면 된답니다. 크크.

분홍 꽃길을 걸어요

로라 아주머니는 나에게 'Lucky Girl'이라고 하셨다.
이랬다저랬다 하는 일반적인 봄 날씨와는 달리, 파리는 내가 머물렀던 한 달 내내 화창했다. 내가 가는 곳마다 해가 따라다녀 주었는지 아님 내가 해를 따라다녔는지는 알 수 없지만, 분명 나는 Lucky Girl이었던 것 같다.
생 제르맹 데 프레를 지나다가, 분홍 꽃잎들이 우수수 예쁘게 떨어지는 걸 보고 버스에서 훌쩍 내렸다. 예쁜 꽃잎이 눈 오듯 떨어지다가, 지나가는 자동차 바람을 타고 내가 있는 인도 쪽으로 날아온다.
꽃분홍이 이런 색이구나. 참 예쁘다. 밟아 버리기엔 너무 예뻐서, 오히려 피해서 걷게 된다. 이럴 땐 근사한 배경음악이 필요하지! 장윤주의 〈Fly away〉를 들으면서, 걷고 다시 또 걷는다.
내 마음 같지 않은 날들도 또 간절히 원하던 날들도, 살다 보면 자연스레 맞이하게 되는 것 같다. 오늘은 내게 딱 그런 날 같다.
꽃길을 걸으니 내 마음도 철학자요, 몽상가요, 시인이 된다.
아, 꽃잎들 참 예쁘다~.

브라보, 마이 라이프!

뉘엿뉘엿 어두워지는 저녁, 노랗게 저무는 해가 자꾸 시원한 맥주 한잔 하자고 조른다. 뽀글뽀글 올라오는 맥주 기포를 바라보면서, 오늘은 나에게 보내는 편지를 써 본다.

Bonjour~
파리는 기대했던 것보다도 훨씬 더 아기자기하고, 볼거리도 많아. 그리고 한편으로는 더럽고 작고 무서운 도시이기도 하지.
그렇지만 오기 전의 수많은 우려들이 무색해질 만큼 생각지도 못한 고마운 사람들을 만나 도움을 받고, 변덕스럽기로 유명하다던 날씨마저 화창해 우산 한 번 펴 보지 못했다면 믿을 수 있겠니?
보통 힘들 때는 힘들다는 말을 입에 달고 살지만, 정작 행복할 때는 행복하다는 표현을 잘 안 하잖아? 하지만 잠시 잊었던 그 '행복하다'는 말을 요즘은 정말 자주 하게 돼.
사랑도, 사람도, 일도…… 때론 내 마음 같지 않아 속상하고 좌절할 때도 많았지만, 이런 시간을 나 자신에게 선물하고 나니, 그마저도 다 추억처럼 느껴져.
세상에 쉬운 게 어디 있을까? 살다 보면 작은 발 하나를 내디딜 때도 용기가 필요하잖아. 앞으로 남은 인생을 열심히 달리기 위해, 난 파리에서 즐겁게 기름칠하는 중이야.
내일은 런던으로 향하는 유로스타를 탈 거야. 아, 바다 건너 런던까지 가게 되다니…….
이른 새벽, 위험한 북역에 나 혼자 보낼 수 없다고 로라 아주머니가 동행해 주신대.
이런 감사한 인연이 또 어디 있겠니?
오늘은 맥주도 참 달고, 시원한 저녁 바람이 나를 더 기분 좋게 만든다.
브라보, 마이 라이프!
고마워, 파리야!

파리에 가기 전, 제 홈페이지와 블로그에 파리에서 편지를 받고 싶은 분들은 주소를 알려 달라고 게시물을 올렸어요. 그리고 파리에 있는 동안 그분들께 방브에서 구입한 귀여운 양 메모지와 함께 편지를 써서 보내드렸어요. 파리까지 와서 얼굴도 모르는 분들께 편지 쓰는 기분, 참 새롭고 재밌었답니다. 그때 그분들은 제 편지를 받고 어떤 기분이셨을까요? 파리에 오면 꼭 편지를 써보세요.

BRAVO!
MY LIFE!
SAENGGAENG

유로스타 타고 런던으로 고고씽

도버해협 밑을 가로질러 디자인의 도시 런던으로 향한다.
테이트모던에서 《길버트 앤 조지》 전시를 보고
노팅힐 마켓 투어까지 할 수 있다면, 나는야 대성공!
하지만 급하게 알아본 숙소와 런던 지도만 가지고 과연 가능할까?

생갱's Paris tip

유로스타는 도버해협, 그러니까 바다 밑을 건너가는 기차예요. 영국의 런던과 프랑스의 파리, 벨기에의 브뤼셀을 연결하는 국제특급열차로 런던과 파리를 3시간 만에 연결해 주죠. 프랑스 땅에서는 '불어-영어' 순서로 방송하다가 도버터널로 들어가는 순간 '영어-불어' 순서로 바로 바뀌어서 흥미로웠어요. 바다 밑으로 국경을 넘는 기분, 참 묘하답니다.

Paris
Gare De Nord

London

London

Waterloo
International
Station

GILBERT & GEORGE

<길버트와 조지> 두 아티스트 할아버지는 30년간 그들 자신을 소재로 삼아 파격적이고 풍자적인 작품을 해 오고 있다. 스케일도 크고 작업 형태도 매우 독특해서 신선한 충격으로 다가오다. 나이가 들어도 매너리즘에 빠지지 않는 그들의 실험 정신에 아낌없는 박수를!!

HERE ARE LONDON !

생갱의 눈 튀어나오는 '런던의 4박 5일'

- 테이트모던 (George & Gilbert 전시 관람)
- 디자인박물관
- 자연사박물관
- 내셔널갤러리
- 대영 박물관
- 국립초상화박물관
- 마켓 지역 투어 (노팅힐-캠든-코벤트 가든)
- 옥스퍼드 스트리트
- 뮤지컬 (We will rock you)
- 버킹엄궁전

휴우~ 더 있었는데 기억도 가물가물~ 바쁜 관광객모드로 정말 부지런히 다녔어요.

신나는 마켓 지역 투어! 노팅힐-캠든-코벤트 가든

영화<노팅힐>을 볼 때마다 런던에 가보고 싶었는데 소원 성취!! 많은 아기자기한 물건과 상점들이 우중충한 날씨 속에 유독 빛나다.

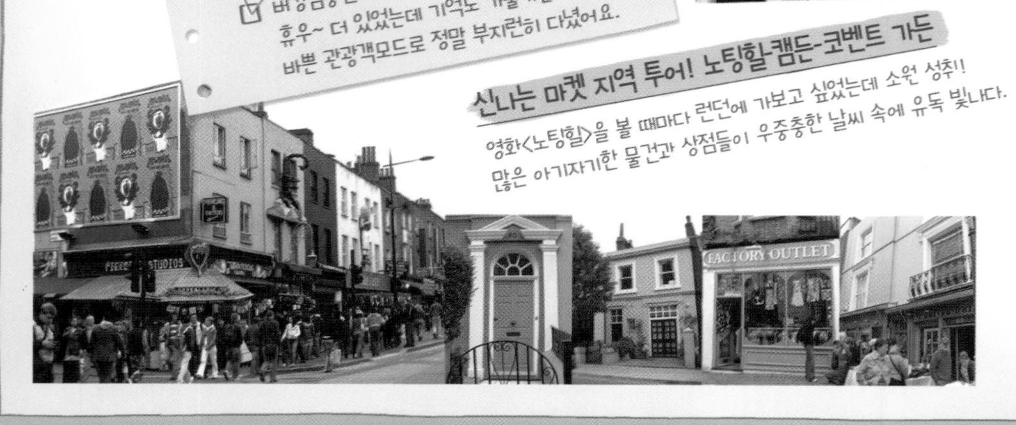

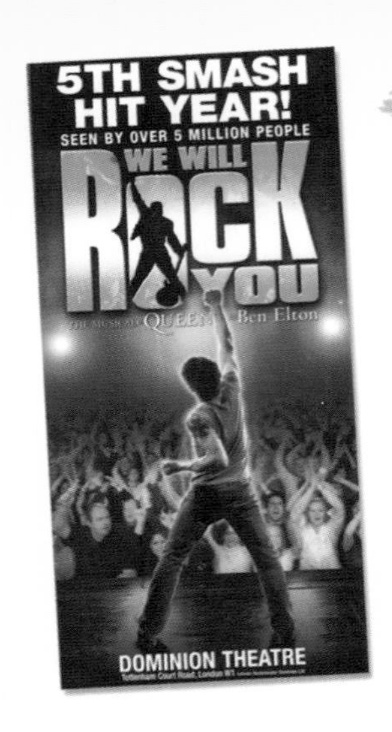

뮤지컬 We will rock you

숙소에서 만난 친구들과 신나는 뮤지컬 관람.
워낙 익숙한 음악이라 흥겹게 따라부르기. 위 위 위 위 락 유!! 오예!
중간에 쉬는 타임을 공연이 끝났다로 해석하시면 2부를 놓치고 말아요.
그렇게 놓친 사람 여럿 봤어요.크크

박물관 중의 베스트, 자연사박물관

관람객이 이해하기 쉽도록 정말
잘 만들어 놓은 박물관.
나도 잠시 동심으로 돌아가
자연 체험 학습 톡톡히 하고 오다.
다들 극찬하는 이유가 있었네.

런던 길거리 풍경

공중전화 부스나 자동차마저도 가만 두지 않는 진정한 디자인의 도시, 런던!
버스 2층 앞자리에 앉아 내려다 보는 런던은 알록 달록한 테마파크를
사파리 투어 하는 기분이다. 템즈강을 넘나들며, 버스를 이리저리 옮겨 타며
짧은 시간에 런던을 구석 구석 여행하다.
런던 후유증! 다리가 후덜덜~ 머리가 어질어질~ㅋㅋ

LONDON DOODLE
PEDESTRIANS
push button and wait
for signal opposite
WAIT
wait
cross with care
Biddys
If men are from Mars,
I think we should send
them all back.
Friends that play together stay together !
LOCKSMITH
LOCKS
EAT.
FRESH SPRING CHICKEN, DANDELION LEAVES AND BEETROOT SHOOTS, COURGETTE, GREEN CHILLIES, LIME AND CORIANDER.
EAT. IN SPRING
SOUP
EAT.
EAT.
THE REAL FOOD COMPA
I'm happy
go lucky!
ecourier.co.uk
나는 런던에서 내 미래의 모습을 잠시 볼 수 있었던 것 같다.
그건 너무 많은 것에서부터 오는 작은 힌트들이라
한마디로 정의하긴 어렵지만,
먼 훗날에 왠지 모르게 많이 닮아 있을 것 같다.
이런 알수 없는 자신감은 여행 중 불쑥불쑥 나온다.
나, 파리와 런던을 거치면서 완전 제대로 충전 중인가 봐!
완전 화이링!!

홈그라운드 파리 귀환

휴~ 파리 북역에 내리니, 조금 오버스럽지만 정말 고향에 온 기분이다. 기껏 몇 주 살았다고 벌써 파리가 익숙해져 버렸나보다.
어느 톱스타 못지않은 살인적인 스케줄로 관광을 마치고 돌아온 터라, 정말 몰골이 꼭 홈리스 같다. 하지만 로라 아주머니의 저녁식사 초대 생각에, 나의 포근한 침대 생각에 발걸음이 빨라진다.
파리지앵들과 함께하는 파리에서의 마지막 만찬이라니, 아주 궁금해지는걸.
주머니 탈탈 털어 예쁜 조각 케이크라도 좀 사가야겠다.

파리에서의 마지막 만찬

로라 아주머니는 친구 3명과 그녀의 딸을 초대해, 나를 기다리고 계셨다.
오늘은 나의 파리 마지막 날이자 프랑스 대통령 선거 날로, 결과를 같이 지켜보기 위해 다들 모인 것이었다. 어릴 적 《먼나라 이웃나라》에서만 봤던 '네버엔딩' 프랑스 가정식을 먹을 수 있다고 생각하니, 벌써부터 군침이 고인다.
한 달 동안 불어에 익숙해져서인지, 모두가 불어로 말해도 그다지 답답하지도 않고, 심지어 가끔은 내가 정말 알아듣고 있는 건 아닐까 헷갈리기까지 한다. 크크.
런던 여행의 피로 때문일까? 오늘따라 와인이 입에 착착 감긴다.
얼굴은 이미 발그레…….
"주므 성 비엥Je me sens bien! 아~ 기분 좋다!"

1 치즈와 오이피클을 올린 까나페 + 레드 와인

2 상큼한 샐러드 + 바게트 빵

3 고기와 계란을 젤리 모양으로 만든 요리

C`est bon!
I`m OK!
Oohlala~
Are you O.K?

4 쇠고기와 돼지고기가 함께 나온 요리 + 또 다른 샐러드

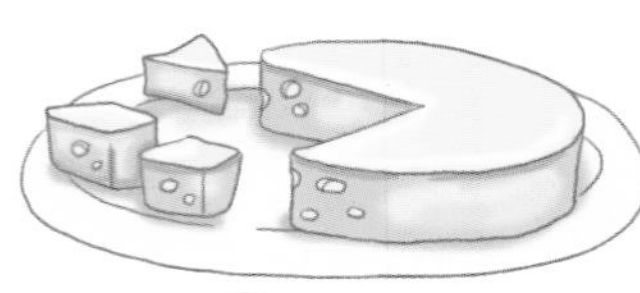

5 치즈 Fromage

6 생갱표 디저트 케이크

7 진짜 마지막! 커피!

Paris
27
Paris
28
Paris
30
Paris
29
My Beautiful
Days in Paris
BANANI

차곡차곡 파리 보따리를 꾸리다

로라 아주머니와 함께 손님들을 배웅하고는, 알딸딸하게 취해 내 방으로 들어왔다.
한 달간 훌쩍 늘어난 나의 짐들은 어디서부터 손을 대야 할지 답이 안 나온다.
파리로 날아오기 전, 서울의 내 방에서 부지런히 짐을 꾸리던 때가 새록새록 떠오른다.
설레는 마음으로 하나둘씩 조심스레 챙기던 그날, '파리의 내 방은 어떨까?' 상상했었다.
그때의 상상보다도 어쩌면 더 근사한 이곳.
노란 햇살과 달빛이, 벽에 걸린 클림트 그림에 비쳐 한없이 포근했던 이 공간!
지쳐 있던 내게 그 노란 기운들을 제대로 충전해 준 몽파르나스의 이 방을, 절대 잊을 수 없을 것 같다.

I ♥
PARIS

안녕~ 몽파르나스의 마지막 밤이여~

짐 정리를 마치고 베란다로 나와 보니, 오늘따라 달이 유독 밝게 느껴진다.
밤마다 이곳에 나와 조용하고도 아늑한 몽파르나스의 모습을 볼 수 있어서 참 좋았는데, 이젠 이것도 오늘이 마지막이구나.
파리에서의 하루하루는 여유로웠지만, 한 달은 너무나 빨리 지나간 것 같다.
무일푼으로 오지 탐험을 하는 무모한 여행도 아니고, 호화로운 호텔에서 화려한 음식을 즐기는 럭셔리 여행도 아니었다. 그냥 파리라는 곳에 잠시 머물며, 아주 작고 소소한 생갱표 일상으로 채워 갔다.
그래서 더 특별했던, 나만의 파리 여행!
내일 집으로 가는 비행기 안에서 간단한 리스트를 적어 볼까 한다. 파리에서 얻은 작은 행복과 소소한 기쁨들로 새롭고 단단해진 내 마음을 적어 볼 생각이다.
앞으로 다가올 나의 미래도, 사랑도, 또 어떤 장애물마저도 모두 다 기대된다.
잘해 보자고~ 생갱!

Bye Paris Bye Laura

퐁네프에서의 이별……
주룩주룩 파리가 우네요

신기하게도 파리를 떠나는 날, 아침부터 날씨가 흐리다.
로라 아주머니가 기어코 멀리까지 배웅하시겠다고 하는데, 마음이 짠해 온다. 짧은 시간이었지만, 수많은 추억을 나눴던 로라 아주머니. 파리가 내게 준 선물은 재충전의 시간과 자신감이라고 생각했는데, 진짜 최고의 선물은 로라 아주머니인 것 같다.
연인들의 다리로 유명한 퐁네프 다리에서, 우리는 마지막으로 와락 껴안으며 눈물을 훔쳤다. 서로 먼저 가라며 미루는 모습이 정말 연인이 따로 없네.
'정말 고마워요~ 로라! 그리고 우리 또 만나요!'
공항으로 향하는 버스에 오르니, 창밖에 비가 주룩주룩 떨어지기 시작한다. 워낙 쨍쨍한 날씨의 연속이라 비 오는 파리의 모습이 궁금했었는데, 마지막 날에는 이렇게 비까지 내려 주네.
나는 로라 아주머니 말대로 정말 Lucky Girl인가 보다.
'Bye Bye, My Paris~ 잘 있어! 파리야~.'

내 사랑 파리!

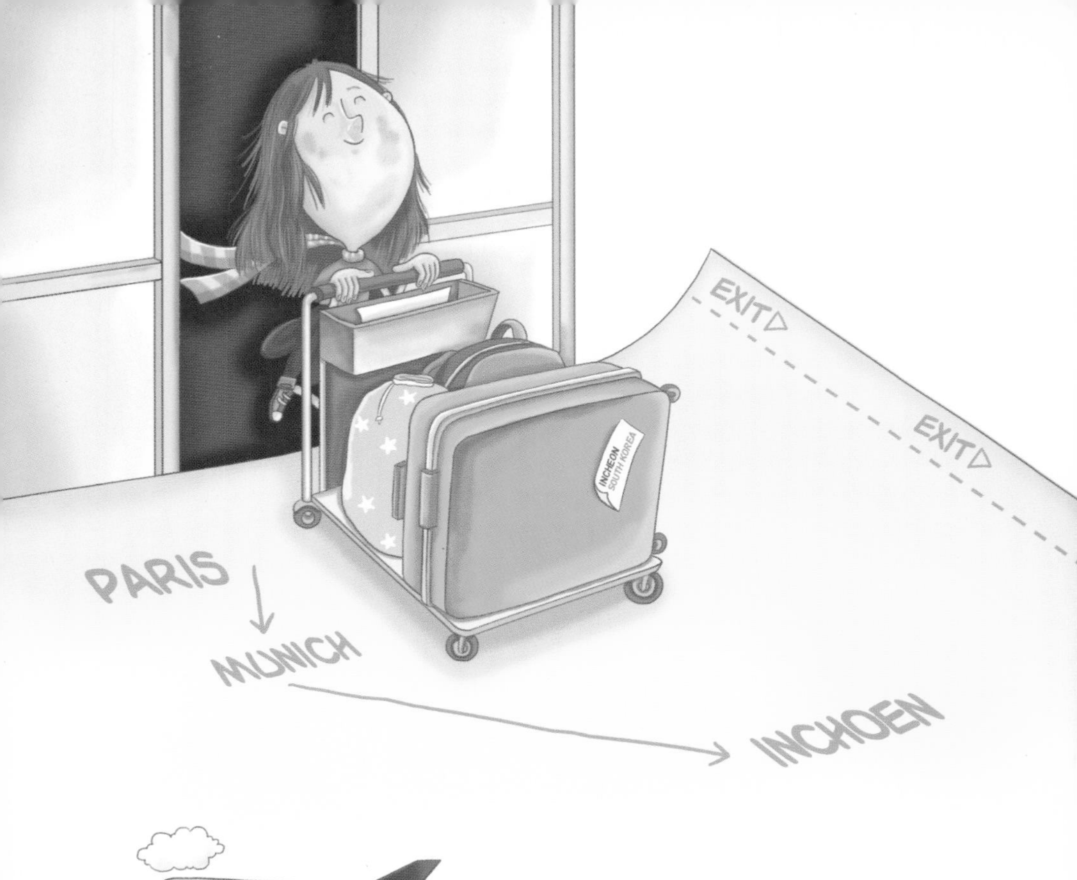

Come Back Home

또다시 독일 뮌헨을 거쳐 긴 비행을 마치고, 한국에 무사 귀환했다.
한국으로 오는 동안 서서히 고개를 들기 시작한 한국 음식 생각들이 집으로 가는 발걸음을 재촉한다. 의기양양한 모습이 마치 우주여행이라도 다녀온 것마냥 거만하기까지 하네. 으핫.
맛난 엄마표 닭볶음탕을 시작으로, 다시 일상으로 복귀했다. 파리의 기운이 얼마나 갈지는 모르겠지만, 나는 정말 누가 뭐래도 열심히 살 생각이다! 아자!

Come Back Home
지예언니와 로라 아주머니에게
가끔씩 작은 선물을 날리다!
안동국화차에 푹 빠진 아주머니!
아침마다 안동국화차로
하루를 시작하신단다.

근데, 그…… 그게 말이지…… 역시 말처럼 쉽진 않단 말이야. 흑흑.
여유로운 파리는 잠시 동안의 꿈이었을까? 하루 종일 뒹굴며 놀던 뤽상부르 공원에서의 시간은? 다시 한국의 속도로 돌아와 눈썹 휘날리게 바쁜 나날을 보내다 보니, 문득 파리의 여유가 그리워진다. 로라 아주머니가 주신 스탠드의 노란 불빛 아래 앉아 정신 번쩍 드는 에스프레소 한 잔을 쭉 들이키며, 내 마음은 잠시 파리의 공원으로 날아가 벌러덩 누워 버린다. 아 그리워라…….

다시 분홍 꽃길을 걸어요

어느 따스한 봄날, 버스 안으로 날아든 벚꽃잎을 보고 훌쩍 여의도에 내렸다.
우수수 떨어지는 분홍 벚꽃잎들 사이를 걸으며, 잠시 파리의 분홍 꽃길을 떠올려 본다. 그 길목 모퉁이에도 여전히 분홍 꽃잎이 날리고 있을까?

JOYFUL TIME IN THIS CHRISTMAS
DO YOU HAVE
ANY PLAN? LET
US GO PARTY
MERRY
CHRISTMAS
I DRAW MY DREAM
I WISH MAKE YOU SMILE
NACHO LIBRE
Hello! Nice To Meet You Finally!
Make your own day! Be Happy!
My Paris
I am doing my best
Philipe Starck
No Pain, No Gain
Paris

파리를 추억해요

여름이 지나고 가을도 지나, 어느덧 겨울이 왔다. 그리고 나의 파리 여행을 담은 일러스트 여행책 작업에 한참 몰두 중이다.

퐁피두센터 《BD REPORTERS》 전시에서의 바람이 이루어진 걸까? 사크레쾨르 대성당에서의 기도가 효력을 발휘한 걸까?

그리고 또 다른 바람이 있다면…….

몇 년 후엔?

몇 십 년 후엔?

....이랬음 좋겠다. **The End**

국립중앙도서관 출판시도서목록(CIP)

30일간의 파리지앵 놀이
지은이 : 김선경. — 서울 : 위즈덤하우스, 2009
p. ; cm

ISBN 978-89-5913-387-1 03810 : ₩13800

파리(프랑스)[Paris]
여행기[旅行記]

982.602-KDC4
914.404-DDC21 CIP2009001657

30일간의 파리지앵 놀이

초판1쇄 인쇄 2009년 6월 8일 초판1쇄 발행 2009년 6월 18일

지은이 김선경 | **펴낸이** 신민식

출판 6분사장 최연순
편집 변혜진

마케팅 권대관 이희태 임태순 정주열 | **제작** 이재승 송현주

펴낸곳 (주)위즈덤하우스 | **출판등록** 2000년 5월 23일 제13-1071호
주소 경기도 고양시 일산동구 장항동 846번지 센트럴프라자 609호
전화 031-936-4000 | **팩스** 031-903-3895
전자우편 wisdom6@wisdomhouse.co.kr | **홈페이지** www.wisdomhouse.co.kr
출력 하람커뮤니케이션 | **종이** 화인페이퍼 | **인쇄** 프린팅하우스 | **제본** 대흥제책사
값 13,800 ISBN 978-89-5913-387-1 (03810)

Paris MAP

Parc de Monceau

Ⓡ Les Deux Moulins

Ⓢ Galeries la Fayette maison

Arc de Trîmphe

Champs-Elysees

Roïssy Bus

Opéra

Ⓡ La Ferme

Grand Palaïs

Concorde

Musée du Louvre

Ⓡ Café Ruc

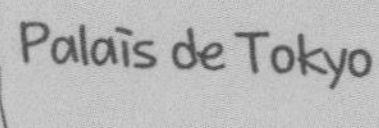

Musée Guimet des Arts Asiatiques

Bateaux Parisiens

Musée d'Orsay

Invalïdes

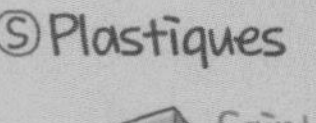

St-Germain-des-Prés

La Tour Eïffel

Musée Rodïn

Ⓢ Plastïques

Saïnt-Sulpice

Ⓢ Le Bon Marché

HOME

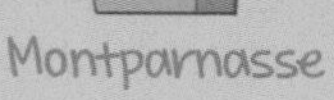

KB132294